與魔族王子一起戀愛吧~
MO ZU
PRINCE
04
Episode

菲莉亞·羅格朗
COUNTRY GIRL
出身非常普通的冬波利學院強力量系的學生，擅長擲鐵餅與重劍。個性靦腆害羞、膽怯，有時候有點遲鈍。最近終於明白自己對歐文的心意。
歐文·黑迪斯
MOZU PRINCE
魔族王子，混在人類學校假裝成普通的魔法系學生。總是掛著微笑，給人感覺很溫柔，但切開的話會有點黑。在感情問題上很不坦率又傲嬌，甚至遲鈍。

卡斯爾·約克森 LEGENDARY BRAVE'S SON

曾殺死魔王的傳奇勇者的兒子。勇者世家出身，長相出眾、個性友善，任何方面都近乎完美的男孩，很受歡迎。魔法和劍術雙專業的天才學生。

瑪格麗特·威廉森 MISSY

貴族出身的大小姐，主攻劍術。外人看來異常的高傲冷淡，大多數時候都面無表情，但實際上是個極其遲鈍的天然呆，稍微有點傲嬌。

馬丁·羅格朗 JULIA'S OLDER BROTHER

菲莉亞的哥哥，總是微笑的好脾氣的男性。父母離異後，與母親搬到王城居住，進入羅格朗先生的機械商行工作。

Contents

第一章 矮人族的機械裝備

一覺醒後，菲莉亞揉了揉眼睛，伸展一下僵硬的身體，爬起來後感覺渾身痠痛。即使是在勇者學校或者學院競賽中，像昨天那樣不停打鬥的運動量也是很少有的，她的每一寸肌肉都有種被拉傷的不舒服感，下樓梯的時候大腿還一陣陣的痛……但比不上心裡恐慌啊！

走到餐廳前，菲莉亞不敢進去，猶豫了十五秒左右才眼睛一閉，赴死般的推開門。

——今天起得晚，爸爸和歐……歐文肯定已經在裡面了……

「早安，菲莉亞。」

「菲莉亞，早安。」

果然，菲莉亞一開門，就聽到一深沉一清朗的兩道男聲向她打招呼。好像兩個人都沒有不高興的意思，菲莉亞終於睜開眼睛。

歐文正在對她微笑，窗外早晨最為清澈的陽光灑在他金色的頭髮和白皙的臉上，看上去閃閃發光。

——好、好像沒有生氣……不，好像根本沒有在意的樣子？

這樣一來，反而顯得那麼介意的自己有些可笑了……菲莉亞鬆了口氣，但同時又有種微妙的失望感。

羅格朗先生倒是沒有注意到兩個孩子之間的情緒有什麼不對勁，在他看來，菲莉亞本來就內向，興致不高很正常。至於歐文，他今天也很有禮貌啊。

比起這個……

「菲莉亞，歐文，週四你們有比賽嗎？」早餐吃到一半，羅格朗先生開口問道。

菲莉亞回憶了一下自己的行程表，回答：「沒有。」

「我也沒有。」歐文說，然後看向了羅格朗先生。

羅格朗先生頓了頓，說道：「是這樣的……我有一場比賽想去看。那個……不知道你們願不願意和我一起去？」

菲莉亞點了點頭，當然是願意的。不過，她又有點疑惑，畢竟羅格朗先生想看的並不是她的比賽，平時也沒見他對學院競賽露出什麼關心孩子以外的興趣來。

彷彿看出菲莉亞的疑惑，羅格朗先生羞澀的解釋了一下：「之前不是告訴過你們我在做一個很有趣的工作的事？那是一位客人訂製的商品，終於在期限內趕出來了……她好像準備在學院競賽裡使用的樣子。作為製造者，我很想去看看它在實際使用中的表現。」

——在學院競賽中的……表現？

菲莉亞一愣，一時想不出是怎麼樣的矮人機械能夠被使用在勇者競賽中。難道是自動調節長度的劍之類的嗎？

歐文同樣感到困惑，詢問道：「是武器或護具之類的機械嗎？我好像沒有聽說過這樣子的東西啊。」

羅格朗先生嘴角微微揚起，露出一個淡淡的微笑，這個微笑中夾雜著自豪、神秘、喜悅的意味，可以看得出羅格朗先生為他的新作品感到十分得意。

「武器，護具……都可以算吧。這不是幾句話就能說得清楚的東西，我希望你們到時候可以自己親眼看看。」

▶◇◀◎▶◇◀

在菲莉亞和歐文又各自進行了一場個人賽後，和羅格朗先生約定好的週四就到來了。

由於此時已是即將入冬的深秋，天氣不再像九月和十月那麼溫暖甚至炎熱，清晨反而有點涼，加上又是去看別人的比賽而不是自己下場打，不能靠穿著鎧甲禦寒的菲莉亞不得不在便裝外披了件薄薄的外套。

住到王城以後，羅格朗先生為菲莉亞添置了不少新衣，而且彷彿是為了補償她，每到換季的時候，衣櫃裡的衣服數量還會進一步增多。這些衣服多半是王城時興的服飾，還有大量看起來輕飄飄、軟綿綿的裙裝。但它們在菲莉亞看來都是和她往常習慣的風格大不一樣且價格昂貴的衣服，所以她平時並不怎麼穿，寧願整天穿著盔甲。

而今天陪羅格朗先生出門卻不得不換了，畢竟一身盔甲太不像樣。菲莉亞穿上裙子和換上外套後，不怎麼習慣的站在鏡子前打量了一下自己，不知道為什麼總覺得兩腿不夠重，空蕩蕩的，她下意識的想要併腿。

——明明以前還是穿得慣裙子的……QAQ

在客廳裡等待菲莉亞的歐文，在看到她從樓上走下來的時候，卻有些不自在的紅著臉捂住鼻子移開了視線。

歐文的反應讓菲莉亞感覺胸口中箭。

——果、果然不合適嗎……QAQ

羅格朗先生卻笑著點了點頭，「很適合妳啊，下次還去那家店訂製吧。」頓了幾秒，他道：「我們走吧，老喬治已經準備好馬車了。」說著，羅格朗先生轉身走出門外。

菲莉亞下意識的伸手去牽歐文的手，然後……

「抱、抱歉！那個，不好意思，我……」觸到對方的手指後，菲莉亞才猛地清醒過來，連忙將手縮回來。她意識到團隊比賽都結束好久了，她和歐文並不需要每時每刻都牽著手。

「沒、沒關係……」歐文下意識回答。他的內心其實是希望菲莉亞牽著他，但不知道為什麼，話到嘴邊就變成了——「我不介意牽著手的，妳要是想……」

「不不不！我完全不想牽你！只是條件反射而已！你別誤會，我真的不想牽你！QAQ」聽他這麼說，菲莉亞哪裡還敢承認，連忙拚命擺手否認，之前貿然親了歐文已經夠尷尬了，要是再一直拉著手的話……

歐文這麼聰明，又很溫柔，若真的發現她喜歡他的話，肯定會很為難吧？

歐文：「……」

感覺又受到了強烈的暴擊，為什麼他總是弄巧成拙？

坐上馬車後，沒過多久，他們便抵達了帝國勇者學院的競技場。

菲莉亞進來之前往公告板上瞥了一眼，今天的比賽似乎是一個勝多輸少的小有名氣的選手，和另一個從未聽說過的選手的競爭。因為有前者在，幾個看臺都三三兩兩的坐著人；不過畢竟不是理查王子或瑪格麗特大小姐那種長相好看、家境優渥、本身知名度就高、且目前為止零敗績的選手，觀眾數量並不算特別多，找幾個寬敞的座位還是很輕鬆的。

羅格朗先生儘管表面冷靜淡定，但菲莉亞仍然感覺到他此時的情緒激動又緊張，處於一種高度興奮的狀態，證據就是羅格朗先生交握著的雙手正在微微發顫。

不久，帝國勇者學校的鐘聲按時打響，裁判和那個較受關注的選手出現在比賽場地中。

菲莉亞也和那個人有過戰鬥，當然，最終是菲莉亞贏了，因此她一眼就認出對方。頓了頓，菲莉亞小聲的問道：「爸爸，他就是你的客人嗎？」好像身邊沒有什麼像是矮人用具的東西啊……

羅格朗先生皺了皺眉頭，回答：「應該不是他，再等等。」

今天似乎是一場帝國勇者學校的內部戰鬥，這種抽中自己學校的人都屬於運氣不太好的類型，因此選手的情緒似乎不高。

又過去好幾分鐘，眼看預定的開始時間就要錯過了。

裁判抬起手腕看了看錶，用冷淡的聲音平穩說道：「還有一分鐘，如果選手尚未抵達，將自動算作棄權！六十！五十九！五十八……」

這時，地面忽然震動了一下。

下一秒，一個人穿著一件菲莉亞從未見過的東西出現在比賽場上。

那是堆積在一起的鐵皮和木片……連接處似乎是齒輪和螺絲。

不過聽喘息聲，這件東西的裡面應該是個女孩子，由於有個圓形的鐵製頭盔牢牢罩住了她的臉，因此其他人無法看到她的相貌。

「我到了！開始吧！」女孩在頭盔裡說。

莫名的，菲莉亞感覺這個聲音有點耳熟。

裁判雖然停下倒數，但看到女孩的裝束，仍微微蹙起眉頭。不過，帝國勇者學校並不限制大家的防具，只要武器做好必要的安全措施就好，所以他沒有猶豫太久，就宣布比賽正式開始。

大堆的木頭和鐵片貼在身上，菲莉亞光是看著就覺得很厚重，不過，操縱它的女生倒是意外的極為靈活，速度甚至比什麼都不穿還要快。

菲莉亞奇怪的扭頭看向羅格朗先生，問道：「爸爸，那是什麼？盔甲……？」

「算是。不過，手臂的甲片中暗藏著劍刃；另外，關節處的齒輪能幫助她活動起來更輕盈。」羅格朗先生眼睛眨都不眨的盯著比賽場內，只是抽空簡單的對菲莉亞解釋幾句，「之前是那個女孩不知從哪找到這個東西的設計圖，希望我們能夠做出來。這好像是矮人以前使用的裝備，畢竟傳說中矮人十分矮小又不會魔法，無法保護自己，所以裝備總是非常發達。那個女孩要求我們按照她的身體尺寸改造這個東西，這比單純做出來還困難，而且我會收她很昂貴的一大筆錢……唔，不過帝國勇者學校的學生可能不會在乎那些錢吧。」

菲莉亞的視線重新投入比賽場地之中。

由於女孩的臉被頭盔罩住，菲莉亞看不到她的表情，不過顯而易見的是，她的對手面對她時感到相當棘手。

那個小有名望的帝國勇者學校學生的額角已經滲出汗珠，牙齒不自覺的咬住嘴唇，他的臉色慘白，看上去相當吃力。女孩藏在手臂中的利刃時不時會突然彈出來，又長又銳利，讓對方猝不及防；相比對方的狼狽，她似乎還很游刃有餘。

羅格朗先生道：「手臂上的彈簧和固定的鐵片，會增加那把武器出鞘的速度和力度，同時對對手施壓的強度也會增加……的確很難破解吧。」他的話語中夾雜著一絲喜悅。

觀眾們似乎也被女孩那身奇怪的裝備和不按尋常套路出牌的進攻手法所吸引，不自覺的將注意力集中到她身上，甚至為她加油。

周圍的氛圍給男孩戰士帶來了更多的壓力，他的步調被打亂了。不過幸好，身處戰局中的他此時已經適應了對手詭異難測的進攻方式，總算稍微穩住手腳，兩邊的戰局亦變得更加輸贏難分。

菲莉亞雖然參加了不少場比賽，但觀看別人比賽的次數卻不多，即使看，看的多半也是歐文、瑪格麗特或其他幾個室友和歐文室友的比賽，像這種帝國勇者學院的學生互鬥，菲莉亞還是頭一次來看，而且正巧趕上這麼精采奇怪的一場，她很快使隨其他觀眾一起將注意力完全投入進去。

又盯著他們看了幾分鐘，菲莉亞忽然問道：「那個女孩子……是不是動作有點生硬，好像對基礎攻擊的招式不太熟悉啊？」

「是嗎？」羅格朗先生疑惑道，他並沒有看出來。

歐文瞇著眼睛仔細辨識她的動作後，點了點頭，「嗯，她好像……是個新手。」

「唔……可能是因為對矮人機械的裝備還不太熟悉吧？」羅格朗先生扶了扶眼鏡，皺起眉頭，「我將這套裝備交給她還沒有多久，她能用來練習的時間應該不多。」

「不。」歐文搖了搖頭，「從她的步伐、擊劍方式、選擇的時機和角度來看，她完全是個新手。」

反倒是她的對手很熟練，一看就知基本功很不錯。

按照常理來說，這個女孩應該早就敗了，可現在……怎麼反而是男生更棘手的樣子？真的是因為那套矮人裝備嗎？

歐文不由得微微蹙眉。

魔族對矮人機械的研究比人類更少，魔族的領土內沒有矮人遺跡，而且對他們來說，魔法才是更為方便的東西。

——但如果人類一方將矮人機械投入生產的話……

歐文默默的將這件事劃進要告訴魔王和魔后的注意事項裡，這才繼續觀看比賽。

突然，羅格朗先生身體一顫，後背挺得筆直，脖子也一下子拉長，表現得相當緊張。

與此同時，場地內的男孩選手使出渾身上下所有的力氣，終於咬著牙將身著矮人鎧甲的女孩從「袖子」裡伸出來的劍刃擋了回去！

就在這時，菲莉亞聽到場內接連傳來響亮的「喀嚓」聲。

矮人鎧甲的每一個細節都環環相扣，牽一髮而動全身，武器被抵擋住，固定它的彈簧和鐵片被崩斷，瞬間，以袖子為始，無數裂痕蔓延到女孩全身，緊接著，那鐵片與木塊夾雜著的矮人裝備就像被雷劈中的大樹一般，從中間的頭盔裂了開來！

羅格朗先生頗為失落的嘆了口氣，「果然用投機取巧的手段還是沒有辦法擊退真正的勇者嗎？這個東西還有很多改進的空間，如果把那個地方齒輪的角度再調整到折點的話……」

菲莉亞聽不太懂羅格朗先生的自言自語，於是又將視線投向歐文。

只見歐文正專注的盯著場內，順著他的目光，菲莉亞重新將視線落在那個參賽的女孩身上。此時她已經將頭盔取了下來，正在處理身上裂開的其他部分。

菲莉亞愣了愣，奇怪的問道：「歐文，你有沒有覺得她……有點眼熟？」她總覺得在哪裡見過對方，而且就是最近，卻死活想不起來。

難道是最近比賽的對手？可如果有打扮這麼誇張的對手的話，她沒道理記不住啊……

歐文點點頭，略微停頓幾秒，答道：「她在我們團隊賽時，扮演那個村長的女兒。」

這麼一說，菲莉亞也立刻想起來了，她先是恍然大悟，繼而又有點疑惑。

「原來是她！但、但……尤萊亞不是說，她是輔助類的學生嗎？」

「嗯。我也覺得奇怪。」

學院競賽的決鬥式比賽是禁止非勇者專業的學生參加的，畢竟太過危險。在整個學院競賽中，輔助類學生都是擔任後援的角色，負責照料受傷的勇者類學生或在比賽中損傷的武器與防具。

如此說來，這女孩作為一個輔助類學生，光是順利報名並出現在決鬥場上就夠奇怪了。

於是，菲莉亞看向了好像和那女孩有過接觸的羅格朗先生。

羅格朗先生關於學校的規定知道一些，他也聽到了菲莉亞和歐文的對話，但無法解答他們的疑問，只能無奈道：「我也不太清楚，她只是我的客人而已……訂製那套鎧甲的時候，她只說她是用劍的學生。」

由於離得遠，菲莉亞他們聽不見場地內的人在說什麼，只能看到裁判擔憂的拉住了女孩的胳膊說了些什麼，女孩只是搖搖頭，抱著那堆碎掉的盔甲準備離開。對手的男孩追著她想說什麼，但她沒有搭理。

「她可能會再來找我修理那套鎧甲。」羅格朗先生果然也覺得有些不放心，「到時候我再問問她是怎麼回事吧……但願她願意說。」

歐文的重點卻在另一件事上：「那套鎧甲碎成那樣，還能修理好嗎？」

「應該可以。」聽到自己在行的話題，羅格朗先生頗為自得的笑了笑，「把不能用的零件替換掉，再將裂開的部分拼接起來就是了。矮人當年已經形成了相當標準化的零件系統，工作室裡有很多備份的。」

羅格朗先生說到這裡就及時煞住了嘴。他知道再接下來就是枯燥無味的機械理論，菲莉亞和歐文這個年紀的孩子肯定沒有耐心聽他長篇大論的。他頓了頓，將話題轉回兩個孩子自己身上，說道：「抱歉，讓你們陪我看商品的實際使用成果，我們回去休息吧。你們兩個明天是不是都有比賽？」

「嗯。」歐文心不在焉的應了一聲，「並不是什麼重要的對手，所以不必太在意。」

歐文的對手，是奧利弗。

▶◇◀◎▶◇◀

第二天一早，同樣是早晨鐘樓的大鐘敲響的時候，歐文和奧利弗又一次一起站在決鬥場上，面對面。

奧利弗：「……」

歐文：「……」

奧利弗面無表情的看著歐文。

看著奧利弗，歐文則回以微微一笑。

既然是奧利弗這傢伙的話，就沒有必要壓制實力和他客氣了，反正他都已經知道了……

事實上，歐文因為不希望太顯眼的關係，根本不準備進決賽，平時常常對對手放水，目前輸贏參半。不過，對手是奧利弗的話，歐文就有種無論如何都不想放過他的感覺了；再說，如果對手是他……

——用全力也沒關係吧。^_^

這麼想著，歐文的笑容越發燦爛起來，並笑咪咪的拿出了魔杖。

奧利弗身體一抖，頓時有了不太好的預感。當年為菲莉亞和歐文決鬥然後被碾壓的事彷彿還歷歷在目……

這時，裁判宣布比賽開始。

歐文嘴角上揚，魔杖的尖端開始勻速的發光……

「砰！」

忽然，奧利弗將他的劍一把丟到地上，然後猛地衝向了裁判！

「棄權！老師，我選擇棄權！」

無論遇到什麼情況，永不退縮應該是勇者的基本素養和品德，因此奧利弗棄權的時候，從裁判到為數不多的觀眾都被震驚了。

「你確定？」裁判驚訝的問道，她參與組織管理學院競賽也有十幾年了，還是頭一次遇到尚未開打就主動棄權的學生。

奧利弗拚命點頭。其實真的遇到強敵的話，奧利弗還是有迎難而上「試試看說不定就贏了呢」的小心思，也有「贏不了的話至少也要輸得漂亮」的骨氣，只不過對歐文……

輸給平時成績好像很一般的室友本來就夠丟人了，要是還輸兩次……

剛進入勇者學校的時候，奧利弗或許還懷著「以後我也要成為像約克森那樣的勇者」之類的夢想，但如今臨近畢業，他基本上已經認清現實了。

跟其他五年級的準畢業生一樣，奧利弗也在考慮畢業後的事——未來，他有很大的可能不會當職業的勇者。勇者學校比起給他賴以為生的技能，更多的應該是鍍金。如今能從勇者學校畢業的人都會被認為是高貴且優秀的，即使不當勇者，也能獲得比從別種類型學校畢業的人更多的尊重。

比起成為真正的勇者，奧利弗感覺自己更可能按照家族替他規劃的路線，在兩位兄長的庇護下，在王城繼續和以前一樣的生活。

聽他如此堅持，裁判嘆了口氣，說：「既然這樣，好吧。」

觀眾席上傳來噓聲，「切」、「一點都不像勇者」、「他是不是今天身體不好」之類的評論斷斷續續傳進場內兩個人的耳朵裡，不過裁判同意他棄權後，奧利弗反倒是毫不在意的撿起地上的武器，勾住了歐文的肩膀。

「接下來你想做什麼？反正時間還早。」奧利弗問道。

歐文奇怪的掃了他一眼，儘管他沒想對奧利弗手下留情，卻也沒……呃，料到奧利弗會棄權。

「回家陪菲莉亞吧。」歐文回答。

如果他不回去的話，菲莉亞就很可能會一直抱著鐵餅說話或者去找瑪格麗特，找瑪格麗特聊天也就算了，和鐵餅的話……

他總覺得那塊蠢鐵餅會說出什麼不得了的事呢……

奧利弗鬆開歐文，雙手背在腦後，有些悵然道：「對哦，你們現在住在一起……等等，你幹嘛這麼警惕的看著我？我不是早跟你說我放棄菲莉亞了嗎？我媽媽都已經為我列好畢業以後要相親的大家閨秀名單了，放心啦！與其瞪我，你還不如去瞪卡斯爾學長啊，不是你和我說卡斯爾學長也喜歡菲莉亞的嗎？他競爭力比我高吧！雖然他現在不在。」

歐文：「……」

其實他當時只是隨便一說，卡斯爾那個人到底怎麼想的他真的不清楚，不過……

歐文回憶起卡斯爾偶爾會落在菲莉亞身上的眼神，他對她至少沒有惡感，或許還有些好感……應該是肯定的吧？

想到這裡，歐文心中不禁升起一種奇怪的不舒服感。

「對了，說起來，既然這樣的話……」忽然，奧利弗像是想起了什麼，「今年的雪冬節舞會，你肯定會邀請菲莉亞吧？」

「雪冬節舞會？」歐文的思路被打斷，皺起眉頭看向奧利弗。

「什麼，難道你不知道？！」奧利弗吃驚的眨了眨眼睛，「每年雪冬節的時候，都會在舉辦學院競賽的學校舉行的那個啊！」

歐文的眉頭擰得更深，變成了好幾道。

「不會吧？你真的不知道？」奧利弗說，「嗯……不過其實也只是個促進三所學院的學生交流的方式而已。畢竟上半年大家都在打架不是嗎？雖然有接觸，但從來沒有好好坐下來聊過天，所以雪冬節舞會基本上就是提供這樣的一個機會。除了跨年那天的慶典以外，大概一週都會在固定的地方設有茶會，大家交流一下戰鬥的心得什麼的，不去也沒關係。」

稍微停頓一下，奧利弗臉上的笑容忽然怪異起來。

「不過，你不去的話，說不定菲莉亞就會約別人了……嘿嘿，儘管舞會一個人去也不是不行，但大家基本上都還是會男女結伴去的，免得一直坐冷板凳嘛。歐文，你也知道的吧，菲莉亞最近越來越受歡迎了。」

聽到這話，歐文的心臟一停。

奧利弗說的是實話。隨著外表越來越接近於少女姿態，又時常和耀眼奪目的瑪格麗特在一起，菲莉亞也慢慢變得受人關注。她健康的玫瑰色臉頰、充滿活力且具有線條感的身形、溫柔又不會讓人感到壓力的性格，都漸漸成為一些同齡男孩關注她的理由。

要知道，並不是誰都有勇氣去追求瑪格麗特的，相較來說，她旁邊不失可愛的菲莉亞看起來就要好相處多了。

歐文停頓幾秒，回答：「……我知道了。」

歐文冷淡的反應讓準備看他失態表情的奧利弗頗為失望。奧利弗聳了聳肩，不死心的再補刀道：「那你最好快點啊……畢竟菲莉亞也只把你當普、通、朋、友啊，不是嗎？」

「……閉嘴。」

第二章 我想請你當我的舞伴

此時，菲莉亞正身處王城市中心的一家看上去相當高級的服裝店內。

今天有歐文的比賽，菲莉亞本來準備去看的，都快要出門了，但瑪格麗特忽然來找她，邀請她一起來挑衣服。

老實說，菲莉亞有種受寵若驚的感覺。畢竟瑪格麗特以前視力不好不喜歡出門，戴上眼鏡後這種生活方式仍然慣性的保留下來，因此從瑪格麗特大小姐口中聽到出門的邀請，絕對是一件很稀奇的事。

而且，歐文也說他今天遇到的並不是什麼重要的對手。於是菲莉亞臨時改變了計畫，變為和瑪格麗特一起去逛街。

不過，實際上並不只是菲莉亞和瑪格麗特，溫妮也來了。

溫妮好像一直是瑪格麗特的著裝參謀，在瑪格麗特看不清款式的時候當她的眼睛，瑪格麗特在沒戴眼鏡前還能將自己的天生麗質展現出來，起碼有溫妮的一半功勞。

「這件，這件，還有這件。」溫妮一進服裝店就兩眼放光，看上去和平時不一樣，「大小姐，我覺得這些肯定都適合您的！」

剛剛換上一條連衣裙走出來的瑪格麗特，看了眼溫妮手裡拎著的一大堆衣服，推了推眼鏡，心想：換衣服，好麻煩……

感覺到瑪格麗特的抗拒，溫妮繼續眼巴巴的望著她：「……QAQ」

瑪格麗特：「……好吧。」

溫妮立刻開心起來，「嗯嗯！如果打不上背後的蝴蝶結就馬上叫我吧！我會一直在門口等著的！」

幾分鐘後——

溫妮：「啊啊啊，好合適啊！顏色和膚色很相稱，如果頭髮再紮起來的話……啊啊啊，嘤嘤嘤，大小姐果然全世界最美了！」

瑪格麗特：「……」

菲莉亞：「……」

不過，儘管溫妮好像覺得瑪格麗特穿什麼都漂亮，但瑪格麗特自己卻沒有完全聽她的，只是挑了自己覺得比較合適的幾件，急得溫妮險些自掏腰包把整家店買下來送給瑪格麗特，幸好溫妮買不起。

瑪格麗特簽了訂單後，就讓店家送到家裡，她們空著手走出來。

「接下來再去羅賓森先生那裡取之前訂製的禮服就好了，這件事我會去辦，大小姐請、請不要擔心！您和菲莉亞繼續玩吧。」從服裝店走出來後，溫妮這樣說著，然後戀戀不捨的向她們兩人告別了。

溫妮終究是在威廉森家資助下才能衣食無憂的於冬波利上學的，因此在瑪格麗特生活可以自理之後，仍經常會替瑪格麗特做各種各樣的雜事，以此作為報答。不過，瑪格麗特倒是不太希望溫妮什麼都替她代勞，平時會盡可能的拒絕，但今天她猶豫了一下，最後還是略一點頭。

溫妮走後，瑪格麗特朝四處張望了一下，然後對菲莉亞道：「我記得這附近有家不錯的紅茶店，我們過去坐坐吧？」她有些不自在的握了握拳頭，「我……有話想單獨對妳說。」

聽到她的最後一句話，菲莉亞不由得一愣，下意識的點了頭。

於是，不一會兒，她們便面對面坐在了紅茶店內。

這是一家菲莉亞平時自己一個人無論如何也不會來的店，因此儘管在出門前羅格朗先生給了她足夠的錢，菲莉亞仍然感到坐立不安。

「那個……怎麼了嗎？」菲莉亞小心翼翼的問道，因為瑪格麗特看上去心情不是很好。

瑪格麗特並沒有馬上回答，她放在膝蓋上的手緊了又鬆，良久，她才彷彿下了很大的決心般終於開口。

「雪冬節舞會馬上就要到了……妳知道，學院競賽的慣例。」瑪格麗特抬起頭，目光堅定的注視著菲莉亞，「我、我有一件事想要妳幫忙。」

「什麼事？」菲莉亞歪了歪頭，耐心的等待答案。

瑪格麗特深深吸了口氣，然後慢慢吐了出來，「我……想要邀請馬丁。」

雪冬節舞會是每年學院競賽的承辦學校都會舉辦的傳統活動之一，已經有幾百年的歷史了。這場舞會是為了讓年輕的未來勇者們能夠結識更多的同伴、加深彼此的理解；當然，也有一些勇者在舞會裡碰撞出愛情的火花，甚至在畢業後走向婚姻的殿堂。

舉辦這樣的舞會，本質上就是為了方便快要畢業的五年級生。而邀請非勇者學生的對象作為舞伴參加，雖然沒有明確的條例禁止，但會這麼做的學生絕對少得可憐。

因此，當菲莉亞聽到瑪格麗特的話時，驚訝的微微睜大了眼睛。

「我、我哥哥嗎？他不是勇者學校的學生啊……」

「……我知道。」瑪格麗特將頭微微一點，聲音有點低落，「但是除了他以外，我想不到其他的人選。」

看到瑪格麗特露出這樣的表情，菲莉亞不禁有些慌張，也十分為難。

瑪格麗特已經告訴過菲莉亞了，她喜歡的人是她哥哥馬丁，這件事就連和瑪格麗特一起長大的溫妮都不知道，菲莉亞是唯一分享了秘密的人。

可正因為馬丁是自己的哥哥，所以菲莉亞才更不知道怎麼辦才好，如果換作別人，她一定無條件支持瑪格麗特，而自家哥哥的話……身分差距太大了，實在不好意思撮合，感覺像特意高攀一樣……QAQ

看到菲莉亞的反應，瑪格麗特感覺到自己滾燙的心冷卻了下來。

倒不是因為菲莉亞好像不願意幫她，而是……瑪格麗特很清楚，但凡馬丁若流露出一點對自己有特別好感的跡象，菲莉亞都不至於像現在這麼舉棋不定。

瑪格麗特想了想，問：「妳哥哥他……最近忙嗎？」

其實馬丁自從作為學徒加入羅格朗先生的工作室之後，有很多東西要學，就算是羅格朗先生的孩子也沒有偷懶的特權，所以他總是起早貪黑，相當忙碌。尤其是前段時間幫助羅格朗先生製作那件矮人裝備的時候，有時連菲莉亞去找他，他都要一邊研究零件、一邊分神和她說話。

儘管哥哥脾氣很好，從來沒有顯露出不耐煩的樣子，但菲莉亞終究有點不好意思，於是最近都只在休息日去和哥哥聊天。不過，最近那件裝備完工，又說不定什麼時候就會到雪冬節的公休日，所以……

「還比較忙，但比前段時間好多了。等到雪冬節，他應該就能休息了吧。」菲莉亞如實回答道。

「到時候我可能會去找他……妳能陪我嗎？」瑪格麗特問道。

這個要求比讓她幫忙容易多了，菲莉亞鬆了口氣，連忙用力點了點頭。

雪冬節舞會一般會在十二月底舉辦，等雪冬節開始再去邀請的話，應該是來得及的。另外，整個雪冬節期間，在帝國勇者學校都會有可以交流的茶會。

瑪格麗特頓了頓，將話題轉到菲莉亞的身上，藍色的眼睛直直盯著她的臉，問道：「那麼妳呢？」

「什、什麼？」

大小姐直勾勾的眼神，讓菲莉亞下意識的後背發涼。

「舞會的禮服，還有舞伴。」瑪格麗特面無表情的說道，「妳準備好了嗎？」

「爸爸已經帶我去訂製禮服了，雪冬節前應該就可以拿到。」菲莉亞有點不好意思的回道，她已經看過樣品了，這還是她第一次穿看上去那麼誇張的衣服，以前一直只在童話故事的畫冊上看到過，像是離生活很遠的東西。

在海波里恩的歷史中，衣服的款式已經更替了很多次，但禮服卻不一樣。需要使用禮服的舞會和宴會，一般都是平民很少接觸到的上層貴族的社交娛樂方式，而且歷史悠久，有一種古典的感覺，因此禮節和服裝即使有過改良，但仍然看起來相當傳統。

舞會使用的禮服是數千年未變過的款式，看起來十分正式。男性的著裝可能還好，女性的裙裝裙襬則很大，有不少蝴蝶結和蕾絲，少女的禮服顏色會更明亮，比如索恩在團隊競賽裡扮演魔族公主時就穿了一件粉紅色的。

雖然以菲莉亞的眼光來看，那種恰到好處的歷史感的確會讓人隱隱心生嚮往，但真的要穿到身上跳舞的話，果然還是怪怪的。

住在南淖灣的時候，仍以農業為主要生產方式的小城鎮自然是絕對沒有用得著這種衣服的場合，菲莉亞從來沒有穿過禮服，也沒有參加過舞會，幸好跳舞在一年級的時候有列入一般課程而學過，她應該還能跳一點。

想到這裡，菲莉亞連忙回憶了一下舞步，然而記憶卻模模糊糊的。

「那舞伴呢？」瑪格麗特打斷菲莉亞的思路，繼續問道，「……妳應該是想和歐文一起去吧。」

瑪格麗特的語氣很篤定，菲莉亞的臉瞬間紅成一片。喜歡歐文的事她也只告訴過瑪格麗特，彼此交換暗戀的對象算是她們兩個作為好朋友的秘密。

不過，儘管如此，聽到瑪格麗特如此直白的說出來，菲莉亞還是十分害羞。

她當然想和歐文一起去，但……

——歐文一次都沒有提過舞會的事，他平時看起來就不太喜歡這種場合的樣子，他、他會不會是本來就不準備去參加啊……QAQ

——歐文性格溫柔，如果他本來就不準備參加的話，貿然邀請說不定會讓他很為難……

——而、而且，萬一歐文有別的想要邀請的對象呢？畢竟一般來說這樣的舞會，比起和朋友，和喜歡的對象一起去才、才比較自然吧？

——歐、歐文又不喜歡我。QVQ

——誒？我如果主動邀請，歐文會不會看穿我的感情啊？這、這樣的話，他也會覺得很困擾吧……

看菲莉亞又紅著臉不說話，表情一會兒糾結、一會兒擔憂的樣子，瑪格麗特就知道這孩子估計又想得太多了。

不過，瑪格麗特仍對菲莉亞喜歡歐文這件事不看好，歐文始終讓她直覺相當危險……

於是，瑪格麗特習慣的又皺起眉頭，「離雪冬節還有一段時間，關於舞伴的事，妳再考慮一下吧。」

除了歐文，應該還有別人想要邀請菲莉亞。

隨著學院競賽的隨機抽籤賽越來越接近尾聲，至今沒有輸過的菲莉亞完全沒有引起任何人的注意已經不可能了，平時來看她比賽的人亦相當可觀；同時，由於這個原因，注意到菲莉亞外貌上的出色的人也越來越多。

另外，儘管她自己沒有意識到，站在決鬥場上的菲莉亞和平時的菲莉亞說是兩個人也不為過。站在對手面前的時候，她時不時會露出自己都沒有意識到的銳利眼神，如同盯緊獵物的鷹，既凶猛，又……刺激到讓人靈魂戰慄。這種行為無疑和她平時內向靦腆的形象形成很大的反差，但並不壞。

據說，菲莉亞的觀眾特別多還有一個原因，就是她結束決鬥的速度特別快，用帝國勇者學校低年級生的形容就是「看完她的比賽再跑著去上課也來得及」。

總之，在瑪格麗特看來，菲莉亞無疑正在煥發出驚人的光彩，再過幾年，說不定會到和卡斯爾媲美也不為過的程度。而歐文……

仍然令人十分不安。

▶◇◀◎▶◇◀

轉眼，雪冬節到來了。

菲莉亞還是第一次見到王城的雪景，晶瑩剔透的冰雪飛舞在透明的空氣中，平坦的街道和古老的建築都被銀白色覆蓋，有種繁華與莊嚴寧靜結合在一起的奇異美感。

至此，學院競賽上半年的隨機賽正式結束，下半年就是前四十八名的排名賽了。

菲莉亞和瑪格麗特一場都沒有輸過，毫無疑問會成為下半年排名賽的熱門人選。除了她們兩個以外，帝國勇者學校的理查王子和王城勇者學校的尤萊亞也沒有輸過。得知在團隊賽裡碰到的尤萊亞就是另一個沒輸過的學生時，菲莉亞也吃了一驚。

總體來說，四個全勝戰績的學生裡，冬波利學院的學生占了一半，仍然是相當值得高興的事。已經不止一次有平時不太熟悉的同學特意來拍菲莉亞的肩膀，誇讚她為學校的榮耀爭光了，並且鼓勵她下半年也要加油。

令菲莉亞感到意外的是，歐文一直輸輸贏贏，贏的時候幾乎所有對手和裁判都同意歐文有「驚人的潛力和天賦」，但輸的時候看起來資質又很平庸。不過，因為表現普通，他並沒有引起大家的注意，所以關注他的人並不多。

能為學校掙到分數的前五十名和最終參加下半年排名賽的四十八名選手名單都還沒有下來，菲莉亞很替歐文緊張。

為了讓大家過個好假，具體的成績排名會在雪冬節尾聲時才公布。於是，在雪冬節舞會開始前兩週，菲莉亞履行了和瑪格麗特的約定。

她們一起去拜訪了馬丁。

第三章 雪冬節舞會的第一支舞

搬到王城後，馬丁和母親住在城區內一棟兩層樓的房子，兩個人住足夠寬敞，再大就不實用了。

安娜貝爾現在要工作，因此沒有那麼多時間來照料家裡的事，幸好馬丁已經長大了，而且很讓人省心。

雪冬節誰都能放假，但軍隊不行，海波里恩目前國內外的形勢都比較安定，可這並不意味著就沒有意外了。因此，菲莉亞和瑪格麗特來到的時候，只有馬丁一個人在家。

母親和哥哥給了菲莉亞鑰匙，所以她可以直接開門進去。當等菲莉亞找到馬丁的時候，馬丁看到她們兩個，明顯意外的愣了愣。

為了方便在家裡學習，馬丁將一個空的房間弄成了簡易的工作室，此時他就在裡面。發現妹妹和瑪格麗特進來，他疑惑的看了一眼掛在牆上的機械擺鐘，這才驚覺時間的流逝。

「竟然已經是這個時間了……抱歉，我還以為妳們會再過一會兒才來呢。」馬丁愧疚的說，他一邊說一邊脫下工作用的手套，上面滿是黑色的機油。

其實整個工作室裡都瀰漫著一種機械的味道。菲莉亞不自覺的打量了一下四周，馬丁關上了窗戶，拉上了窗簾，可能是正在做著一些不能見光的工程，桌子上凌亂的放著各式各樣的齒輪零件，工具倒是整整齊齊的掛在牆上，另外地上擺著幾個工具箱，可能是不同用途的工具。

馬丁正在製作一個不知名的東西，桌上是一個嵌著齒輪的圓形半成品。

見菲莉亞盯著桌子看，他其實是個很愛乾淨的人，以前在家裡也總是幫母親和妹妹整理東西，現在他的桌子這麼亂，菲莉亞肯定很意外吧。馬丁不好意思的笑了笑：「抱歉，有時候會來不及整理。我們出去吧，讓妳的朋友在這種地方做客不太好。」

說著，他也抱歉的朝瑪格麗特微笑。瑪格麗特一愣，下意識的將臉別到一邊。

等坐到客廳裡，瑪格麗特拘謹的坐在沙發上，看上去更不安了。菲莉亞知道她是在為自己即將進行的主動邀請感到緊張，於是連忙握了握她的手。

馬丁也注意到瑪格麗特不太正常的神情，但他以為對方是待不慣這種簡陋的屋子。

「對不起，妳不太習慣吧？」馬丁無奈的笑了笑。

瑪格麗特一僵，搖搖頭。

她深呼吸了一口氣，拳頭不自覺的捏緊。拐彎抹角的切入話題並不是她的風格，還不如乾脆俐落的來個痛快。可是瑪格麗特很快就發現真的要開口比腦海中的想像要困難得多，她的嘴脣發顫，喉嚨好像被堵住了。

「……和我……那個……」

「什麼？」馬丁聽到瑪格麗特在嘀咕什麼，卻聽不清楚。

「我、我……和我去雪冬節舞會！」

瑪格麗特心一橫，然後她聽見自己的話不受控制的脫口而出，用詞生硬，態度強硬，忘記了所有的禮貌用語，而且她的聲音用力太多，在只有三個人的客廳裡特別響亮，好像還有一點回音，簡直不能更糟糕……

瑪格麗特的臉不可控制的燃燒起來。

客廳裡良久的沉默。

由於太過安靜，菲莉亞感覺自己都能聽到天花板上那盞吊燈鎖鏈之間搖晃摩擦發出的聲音……她有點無奈的捂臉。

——太、太突然了瑪格麗特……不過，要是換我主動邀請歐文的話，難、難道也會是這個效果嗎？QAQ

馬丁用了一會兒才回過神，他倒沒有想太多，只是意外的眨眨眼睛，注視著整張臉都要燒成一朵玫瑰的瑪格麗特，問：「我嗎？我並不是勇者學校的學生，去的話不合適吧？」他知道雪冬節舞會的事，知道菲莉亞和瑪格麗特會參加，只不過沒想到會有人邀請他。

瑪格麗特的臉頰其實已經夠紅了，但菲莉亞感覺彷彿看見她又變得更紅了些。

瑪格麗特似乎還沒緩過神，菲莉亞連忙替她解釋：「那個，哥哥，應該沒有關係的，也有學生會帶家屬。還有一些學生的……朋友本來就不是勇者學校的學生，所以……」

馬丁瞭解的點點頭，但還有點困惑的樣子問：「可為什……」

「因為沒有人邀請我。」沒等馬丁說完，瑪格麗特焦慮的插嘴道。

菲莉亞發現瑪格麗特的手一直按在劍上，如果不是努力克制的話，她可能已經要像以前一樣把劍拔出來了，這似乎能增加瑪格麗特的安全感。

這話當然不是真話，瑪格麗特不可能沒有收到邀請。雖然她高冷，但勇者學校最不缺有勇氣的人，以各種方式抱著一絲僥倖試圖約她的人估計可以繞學院一圈。

聽到瑪格麗特這麼說，馬丁吃驚道：「是、是嗎？可是妳……很漂亮啊。」

瑪格麗特身體一抖，低下了頭掩飾自己的表情。

「那麼，沒問題，請讓我陪妳去吧。」馬丁溫柔微笑，看著不敢抬頭的瑪格麗特，他將這理解為「說出了沒人邀請的事所以不好意思」。儘管沒有參加過舞會，但馬丁能夠理解如果找不到舞伴的話，對方會感到多麼尷尬和傷心。不過……

頓了頓，馬丁道：「不過，我沒有跳過舞，也不會，所以可能……」只能陪妳去而已，等到了現場就坐在旁邊看著或者和菲莉亞說話吧……

沒等他說完，瑪格麗特立刻道：「我、我教你！」

又和預想的不一樣，馬丁一愣，繼而淺笑道：「好。」

這時，他忽然轉頭看向菲莉亞，擔憂的問道：「菲莉亞，那妳呢，找到舞伴了嗎？」

這下子換菲莉亞身體一抖了。

菲莉亞：「當、當然了，哥哥。」

——當然……沒有找到。QAQ

從馬丁家裡出來後，菲莉亞略有幾分沮喪的往自己和爸爸住的地方走。

因為怕哥哥知道她沒有舞伴後會拒絕瑪格麗特，反而變成帶自己，而且也不希望哥哥擔心，所以菲莉亞硬著頭皮說了個謊。

其實也有幾個不太熟悉的男孩子問她有沒有舞伴，好像希望和她一起去的樣子，但想想對方應該是開玩笑，所以菲莉亞就拒絕了。結果拖到現在，她也不敢問歐文舞會怎麼辦……

▼◇▲◎▼◇▲

實際上，歐文考慮舞會的事情已經很久了。

他當然不希望菲莉亞約別人當舞伴，畢竟跳舞的話，兩個人會離得很近，而且會有肢體接觸。如果菲莉亞邀請別人的話，那個不知道從哪裡冒出來的男人會托住菲莉亞的手，摟住她的腰，將身體貼在她身上，然後隨著音樂，菲莉亞在令人眩暈的燈光下臉頰微紅……

——啊啊啊，混蛋啊啊啊啊！！(╯‵□′)╯

如果這一幕真的發生，歐文感覺自己已經控制不住他那不用魔杖也能施魔法的右手了。

不過，雖然歐文自信菲莉亞應該會答應他的邀約——儘管肯定是作為朋友的情誼——但他也沒有立刻去邀請菲莉亞。

一來隨機賽還沒有結束，不能太打擾菲莉亞；而且他也沒有和菲莉亞確定舞伴關係後還能保持平穩心態的信心，要是太激動太興奮而不小心贏太多的話，下半年不就必須參加排名賽了嗎？！

歐文原本的計畫是保持低調，繼續尋找除了卡斯爾以外有可能是預言中勇者的人，雖然爸爸說不能殺這個勇者，但能知道是誰肯定會安心一些。德尼祭司上次昏迷後並沒有死，但大部分時間都在沉睡，只有偶爾才會醒過來，父母的信裡還說，德尼夫人偶爾醒過來時看上去神智也相當迷糊，好像連自己是誰都不知道。

做出過艾斯滅亡這麼重要的預言的祭司出事，實在讓歐文隱隱不安。

另外，還有一點。

歐文盡量不著痕跡的問了奧利弗一些雪冬節舞會和人類舞會的習俗，得知大部分人都會在舞會兩週前開始邀請舞伴，提早開始的大多是一些沒有自信能邀到想要的舞伴或者廣撒網的輕浮之輩。

他當然不希望留給菲莉亞的是這樣的印象，因此決定遵循大多數人的習慣。

現在，兩週的時間已經到了。

早上菲莉亞說要和瑪格麗特一起去邀請她哥哥時，歐文就知道應該是到了合適的時候。他一開始還擔心是菲莉亞準備邀請兄長作為舞伴，直到知道是瑪格麗特要去邀請，他才鬆了口氣。

不過，事到臨頭，他比自己預先想的還要緊張，畢竟和單純的菲莉亞不一樣，他目的不純啊……

正在發呆時，忽然房門把手旋轉的聲音響起，歐文的視線被自然的吸引過去。

菲莉亞呆呆的面頰出現在打開一條縫的門後，兩人的目光交會，都不由得一愣。

菲莉亞一路上都在想怎麼主動開口問歐文，所以一開門就看到歐文的臉，她頓時十分心虛，眼神躲閃，有種在背後議論別人卻被當事人抓住的古怪感。

歐文卻是心臟跳動的速度有節奏的加快，一股奇怪的勇氣從身體裡升起。

「那個……菲莉亞……」

歐文不自在的抓了抓頭髮。

——邀請她出去走走，然後再淡定的以朋友的身分發出邀請……

——先說出去走走，先說出去走走，先說出去走走，最近下雪雪景很漂亮，所以我們出去散個步吧，然後再詢問舞會的事！沒錯！就是這樣……

歐文又在腦海裡鞏固了一遍計畫和要說的話，定了定神，微笑著開口道：「菲莉亞，最近外面的雪景很漂亮，不如我們一起去舞會吧？」

「……」

——誒？

——為什麼偏偏會在這種時候口誤！！

歐文被自己說出來的話震驚了，如果不是他僵住的話，此時真想跑回房間去拿頭撞牆。

然後看到菲莉亞猝不及防的呆滯表情，歐文的臉龐後知後覺的開始發燙。

「那、那個……舞會是，學院競賽的雪冬節舞會嗎？」

菲莉亞不自覺的將手放在了胸口。

——應、應該是說錯了吧？QAQ

怎麼可能她之前還在想怎麼開口，歐文就湊巧問出來，而且前後話也不搭，可能是什麼和雪有關的動作但是她聽錯了，比如……打雪仗？

——誒，這樣的話，我還問是不是雪冬節舞會豈不是暴露出我一直在擔憂雪冬節舞會的事情？！

「……嗯。」

幾秒鐘後，菲莉亞聽到了歐文的回答，她下意識的眨巴著眼睛，還以為自己幻聽了。

但歐文已經恢復了冷靜，反正說出去的話又不可能收回來，乾脆就這樣吧。

菲莉亞發現歐文直直的注視著她，她甚至能看見那雙淺灰色眼眸中倒映出的自己。她的心跳不自覺的開始加速。

與此同時，歐文不不知不覺將背脊挺直到極限，或許是因為潛意識覺得這樣可以使自己看起來更高大一點。

「那個……」歐文緊張道，「妳可以，和我一起去嗎？」

「當、當然！」菲莉亞迫不及待的回答，但答應的話脫口而出後，她才意識到自己好像太急切了，連忙擺擺手試圖挽回一下，急道：「我、我們本來就是好朋友啊……不、不過你要是有更想邀請的對象，不用在意我，我、我可以和瑪格麗特一起自己玩的，我哥哥也答應會去了……還、還有，其實我也正想邀請你的……」

菲莉亞……我到底在說些什麼啊！QAQ

歐文的心跳原本因為菲莉亞的飛快答應而狂加速，又在她強調好朋友的關係和別的對象時低落了下來，隨後聽到菲莉亞也正想邀請自己，歐文發現自己腦海中止不住的冒出雀躍的非分之想來。

這種圍繞著眼前這個人類女孩起起伏伏的心情……該死……也太、太……太刺激了吧？

歐文按捺了好久，才勉強壓下那股幾乎要噴湧而出的「就這樣將菲莉亞按在門上吻到她站不起來」的奇怪幻想，這種可怕又羞恥的想法對歐文的吸引力連他自己都感到心驚，他不得不調動全身的注意力才能暫時遺忘。

菲莉亞此時也已經把想說的說完了，兩人陷入暫時的寂靜中。

「……」

剛剛確認要一起去舞會後就沉默以對好像挺奇怪的，歐文硬著頭皮找話題，他摸了摸脖子，不自然的問道：「那……菲莉亞，妳準備好禮服了嗎？」

「……嗯，已經去訂製過了，本來應該雪冬節前就能拿到的，但……」菲莉亞不敢看歐文的眼睛，以前還覺得沒什麼，那條裙子的樣式她看過，很漂亮，她也很喜歡，但想到要穿那樣的裙子和歐文跳舞……忽然很不好意思。

菲莉亞頓了頓，才繼續說：「但裁縫先生說在做的時候有了新的靈感，爸爸也同意讓他自由發揮，所以又把快要完成的成品拆掉重做了……不過，無論如何，在舞會前應該能來得及做好的。」

然而，禮服雖然的確在舞會之前做好，但菲莉亞拿到裙子的時候，已經是舞會當天了。

▶◇◀◎▶◇◀

雪冬節舞會定在一年的最後一天，從天色漸暗的黃昏六點鐘開始，到第二天凌晨一點正式結束。當然，不想熬夜的話，提早走也可以。

地點是帝國勇者學校的舞廳，當天除了舞池和音樂，也會提供相當豪華的自助式晚餐。

三點鐘的時候，露西終於抱著好幾個盒子匆匆忙忙趕了回來。

「小姐，趕緊試試看吧！」

露西在下著雪的冬天硬生生跑出滿頭大汗，她慌張的將裝著禮服的盒子放到床上，一個接一個的拆開包裝。

「如果不合適的話，現在應該還來得及讓裁縫師做簡單的修改！菲莉亞小姐，我來幫您換上！」

時間掐得這麼緊，即使是菲莉亞亦有些著急了。

她從昨天開始就一直坐立不安，對於禮服不能按時完成的擔心暫時壓過了要和歐文跳舞的擔心……這是件好事也說不定。

總之，聽到露西這麼說，菲莉亞連忙點頭答應，脫下原本的裝束，在女僕的幫助下笨手笨腳的穿上複雜的禮服。

露西幫菲莉亞繫上幾個她不太搆得到的蝴蝶結緞帶，然後將菲莉亞推到鏡子前，由衷讚美道：「太好了！很合身！也很合適！而且比以前的樣品還要好看很多……您真漂亮啊，菲莉亞小姐。」

裙子是可愛青春又不會顯得豔俗的淺粉色，上身貼合身體的曲線，勾勒出腰身，下身則和所有禮服一般蓬起成拱形。它用的布料很輕薄舒服，款式設計亦相當簡約，沒有大多禮服過於繁複的累贅感，但古典高雅的感覺卻沒有因此而減少。

望著鏡中的自己，菲莉亞臉頰一紅，「可、可是……背好空。」

菲莉亞下意識摸了摸自己光裸的背，她側過身，果然從腰到脖頸的背部大半都坦露著，能看到雪白的皮膚和脊柱處微微凹陷下去的弧度，連接裙子的緞帶在脖子和肩膀項鍊的位置打了個蝴蝶結，這幾乎就是後背唯一的遮蓋之處了。

這輩子從來沒有這麼露過的菲莉亞：嚶嚶嚶。

——之、之前的樣品明明沒有露背的！

露西笑道：「您在說什麼呀，這才是新的設計亮點啊！為了做出這種輕盈時尚的效果，裁縫師費了很多功夫的。最近露背和露肩的禮服都很流行，看起來很可愛呀。再說，您的背很漂亮，沒什麼好害羞的。」

菲莉亞：「真、真的嗎？」她怎麼不覺得啊……QAQ

露西年紀比較大，個子也比菲莉亞高䠷一些，扶著她的肩膀站在她身後時，仍然能從鏡子裡露出臉來。她低下頭，用手摸了摸菲莉亞隨意垂在肩上、帶有弧度的柔軟頭髮，忽然眼睛一亮提議道：「難得穿得這麼好看，我幫您換個髮型吧？唔……順便化個妝怎麼樣？啊，早知道就提前為您準備一套化妝品了……」

雖然露西早已過了少女的年紀，但遇到舞會這種有趣的事，她好像自然而然年輕了好幾歲，重新興奮激情起來。

「您的舞伴就是歐文少爺吧？我保證他今天晚上絕對會吃驚的！」

菲莉亞本來準備立刻拒絕的，否定的話都已經到了喉嚨口，化妝什麼的感覺好遙遠，但露西的這一句話卻動搖了她。

雖然是以朋友的關係當舞伴的，但即使是她，果然也隱隱有點期待歐文會覺得她漂亮啊嚶嚶嚶……

見菲莉亞默許了，露西開心的去找自己的化妝盒和菲莉亞的飾品盒。

雖然化妝品只能暫時湊合用露西的，幸好菲莉亞並不介意這種事，但裝飾品的話，羅格朗先生倒是作為禮物送給菲莉亞不少，能裝滿整整一盒，只是菲莉亞的專業是勇者，戰鬥的時候佩戴飾品不方便，所以她並不常用。

露西從飾品盒中挑了挑，先選出一條緞帶為菲莉亞綁頭髮，然後又開始挑項鍊和手鍊。菲莉亞沒有打耳洞，耳釘和耳環都不能用，露西覺得有點可惜。

選了半天，露西挑出一條墜著十字形狀的銀色項鍊，準備替菲莉亞掛上。

「等、等等！」菲莉亞忽然阻止道，「項鍊的話，我可不可以用這一條？」

她指的是一個被小心翼翼的單獨放在一個格子裡的小盒子，露西疑惑的取出那個盒子打開，然後一愣。

「這也是先生買給您的嗎？應該很貴吧……」露西說，「不過，這條太隆重了，和輕盈的禮服不太相配……從顏色和風格的角度考慮的話，還是用那條銀色的比較好……」

「……不行嗎？」菲莉亞沮喪的又問了一次。

「那倒……也不是。如果您特別喜歡的話，當然可以。」露西想了想，還是將那條紅寶石項鍊掛在了菲莉亞的脖子上，「唔……意外的也不錯呢。」

其實還是有點不協調的。

但菲莉亞珍惜的摸了摸脖子上的寶石，它光滑的表面正倒映著光反射出景象。這是歐文今年送她的生日禮物，但她一直沒找到機會戴。

菲莉亞又對著鏡子照了照，確定寶石沒有戴歪，才稍稍放下心來。

露西點點頭，說道：「那我們接下來化妝吧。」

等完全打扮完成，時鐘的指針已經快要指向五點鐘了，距離舞會開始還有一個小時。

大功告成，露西滿足的擦了把額頭上的汗，將煥然一新的菲莉亞往鏡子前面一推，然後看來看去，她自己都覺得十分得意，感慨道：「真是漂亮極了，菲莉亞小姐！怎麼樣，我說過您肯定會讓歐文少爺吃驚的，我沒有騙您吧？」

——有、有什麼差別嗎？

菲莉亞疑惑的盯著鏡子，她覺得鏡子裡的人還是她，並沒有什麼不同啊……只不過，身上的禮服、紮起的頭髮和臉頰上的化妝品都讓她覺得不太習慣，總覺得哪裡怪怪的。

「謝、謝謝。」菲莉亞迷惑的道謝，儘管不知道到底變化在哪裡，但她知道不應該說出來對努力了這麼久的露西潑冷水。

「不客氣，是先生付給我薪水的，這是我分內的工作。」露西笑道，「那我去通知歐文少爺您已經準備好了，然後再去讓喬治先生準備馬車。」

「嗯，麻煩妳了。」

聽到歐文的名字，菲莉亞又開始感到忐忑起來。

又花了幾分鐘把同樣有點穿不習慣的高跟鞋套到腳上，菲莉亞搖搖晃晃的往樓下走。

羅格朗先生和歐文已經等在樓下了。他們都穿著筆挺的正裝，頭髮梳得比平時更整齊，羅格朗先生胸前還戴了一朵花。

跨年一向是各種宴會的高峰期，羅格朗先生倒不用去學院競賽的雪冬節舞會，但他今晚有別的朋友聚會要參加，還兼帶應酬。看到菲莉亞下樓來，他眼前一亮，由衷讚美道：「很適合妳，菲莉亞。你也這麼覺得吧，歐文？」

「嗯、嗯……」面對羅格朗先生好意的詢問，歐文僵硬的移開視線，盯住地面，不敢多看菲莉亞。

他不自覺的捂住隱隱發熱的口鼻。

——糟、糟糕……呼吸又變得奇怪起來了……

看到歐文只掃了她一眼就沒什麼興趣的把目光移開的反應，菲莉亞有點淡淡的失望。雖然她自己也覺得沒什麼特別的改變，但露西努力了那麼久，還那麼篤定，她終究稍微懷了點期待……

——終究還是又想太多了嚶嚶嚶……

菲莉亞沮喪了好幾秒，但是很快又振作起來，畢竟她如願和歐文一起去參加舞會了不是嗎？又不是每次都能那麼幸運的。

「走、走吧。」樓梯下的歐文移開視線道。

菲莉亞連忙點頭，慌慌張張的踩著不穩的高跟鞋跑下來。

▶◇◀◎▶◇◀

馬車將菲莉亞和歐文送到帝國勇者學校宴會廳的門口。

因為是一年的最後一天，王城到處都有慶典，即使快要到晚上，街道上仍然一片明亮。

帝國勇者學校也一樣，學校道路上處處都是來來往往的學生，不少人都身著禮服正裝，看起來很正式，再加上學校高貴古典的建造風格，菲莉亞簡直有種自己不小心混進了幾百年前的貴族聚會現場的錯覺。她試圖從人群中搜尋認識的人，但並沒有找到。

從馬車上下來後，要進入宴會廳。

菲莉亞和歐文並排站在一起，冬天的傍晚還是很冷的，兩人呼出的氣可以在空氣中凝成水霧。菲莉亞的禮服輕薄，即使裹著毛茸茸的外套還是有點冷，她跺了跺腳，下意識的靠近歐文取暖。

她四處張望了一下，發現所有女伴都挽著男伴的手。猶豫了一下，菲莉亞壯起膽子，小心翼翼挽住了歐文。

——這、這下光靠臉上的溫度就夠暖和了……QVQ

感覺到菲莉亞的手臂微微貼到他的身體，歐文別開視線，不自覺鬆了鬆領口。

他們幾乎是踩著時間點來的，因此正好趕上舞會的入場時間。

大家一對一對的排著隊走進門內，只有少數人是單身站在隊伍中，或者和同性朋友成群結隊的站在一起。菲莉亞四處看了看，發現男女組合的隊伍裡，大家幾乎都很自然愉快的談笑，只有她和歐文彼此低著頭沉默著，好在他們是很有默契的朋友，即使不說話也不會覺得尷尬。

然後菲莉亞終於在人群中看到認識的人了，是傑瑞和南茜。傑瑞在這種場合還穿著盔甲佩著劍，雖然也不是不可以；南茜則穿了一件深藍色的露背禮服。露西沒有說錯，最近露背露肩的禮服很流行，菲莉亞混在其中並不奇怪。

南茜挽著傑瑞的胳膊，將臉和半個身體都貼在他身上，傑瑞有點僵硬的抬著下巴，南茜的衣服不僅露背而且低胸，他可能不知道要看哪裡，但那兩人一看就知道比周圍的其他情侶都要親密得多。

菲莉亞只看了幾眼，就移開視線不敢繼續看下去。

好不容易進入大廳，歐文和菲莉亞都不約而同的鬆了口氣。剛才排隊時人群太多，他們兩個幾乎要被擠在一起了，空氣太熱呼吸困難，現在總算可以好好喘口氣。

見人一入場，在旁等待的樂隊就提前開始奏樂了，他們好像是從普通學校請來的音樂系學生。

隨著音樂，三三兩兩的學生們進入舞池中開始跳舞。

進場之後，菲莉亞就鬆開了歐文的胳膊，因為看到周圍人不跳舞的都鬆開了，他們中有不少似乎只是結伴而來，並不準備一直在一起。

歐文不禁感到手臂有點空蕩蕩的。

「妳想先去吃點東西嗎？」歐文問道。

一直在做出門的準備，而且知道舞會有準備餐點，所以歐文和菲莉亞都沒有吃晚飯。想了想，菲莉亞點了點頭。

菲莉亞的禮服在腰的位置處勒得很緊，是露西費好大勁替她弄的，因此她只吃了幾口就停下，也不敢喝很多水，生怕等一下吃得太飽把裙子後面的帶子撐斷散開。

「誒，菲莉亞、歐文，你們果然結伴來了？」

聽到熟悉的聲音，菲莉亞和歐文一齊回過頭，看到迪恩和奧利弗兩個人勾肩搭背的各拿著一大盤食物。

剛剛說話的是迪恩，旁邊的奧利弗看到菲莉亞，先高興的對她揮揮手，然後打量了一下她的新著裝，讚美道：「妳今晚真漂亮！這個款式很適合妳！」

「謝謝。」菲莉亞不好意思的道謝。

看到是奧利弗，歐文不著痕跡的將菲莉亞往自己背後藏了藏，然後微笑著問迪恩：「你們兩個一起來的？」

「嗯。」迪恩一邊舉起叉子往自己嘴裡塞進沾了起司的香腸，一邊含糊道：「反正約不到瑪格麗特，還不如和奧利弗這傢伙一起來，我和女孩子又沒什麼話題好聊……如果非要跳舞的話，待會去找落單的人跳一下不就行了？嘖……說起來這身衣服有夠難受的。」

說著，迪恩扯了扯貼在他脖子上的領子，很不舒服的樣子。

他抱怨道：「我媽非要我穿這個，痛苦死了。她還規定我必須和女孩子跳舞，讓奧利弗監督我……啊啊啊，好煩啊，那個老妖婆！傑瑞那傢伙真狡猾，仗著沒有家長看住他，就穿盔甲來！」

歐文：「……傑瑞是因為來不及訂做禮服，又買不到合適的吧。」

歐文說這番話時，實際上給傑瑞留了些餘地。

儘管勇者學校的學生家境大多不錯，但也並不是誰都像迪恩和奧利弗那樣出生貴族的。傑瑞就很普通，父親好像是個平凡的鐵匠，在王城訂作做禮服的價格對他們來說十分高昂。另外，他的塊頭即使是在強力量型的勇者中也大得出奇，很難買到合適的衣服，而舊衣服也不能穿了。尤其是近來他長得飛快，去年的褲子眼看又小了，穿上去看起來就是緊緊的貼在身上，很難受又丟臉，只好扔掉。照這樣的趨勢下去，傑瑞搞不好等成年以後身材會超過尼爾森教授。

奧利弗理解的「唔」了一聲。

迪恩好像還沒有反應過來，「多好啊！我很羨慕！要是我也長成傑瑞那樣，說不定我媽就不會逼我穿禮服了！」

他話音剛落，奧利弗就毫不留情的用手肘在他腰上的軟處重重補了一刀。

迪恩頓時跳起來，「你幹嘛！」

「讓你動動腦子……」

「你才不動腦子呢！」

「對了，你們聽說卡斯爾學長的新消息了嗎？」忽然，迪恩停下和奧利弗的打鬧，兩眼發光道：「學長他之前一直在無人沙海！跟著很專業的職業勇者冒險，聽說還是那種在勇者協會評分很高的團……不不，這不是重點，重點是學長在沙海裡抓到了一隻蠍子王！我還以為那種生物早就滅絕了呢……真不愧是卡斯爾學長啊！」

聽到他提卡斯爾，奧利弗也停止動作，雙手放在腦後嚮往道：「這種事肯定只有卡斯爾學長能做到了……蠍子王……即使讓我跟著兵團我都不敢去抓。可惜卡斯爾學長今年因為冒險回不了王城，否則真想聽他講這些事……」

奧利弗稍微沉默了幾秒，又道：「話說，卡斯爾學長不會就這樣離我們越來越遠，成為那種……只能在傳說裡看到的人吧？」

聽到他們這麼說，菲莉亞亦是一愣。的確，卡斯爾學長的優秀實在太難追趕了，讓人無論何時都只能追逐著他的背影……而且，那個背影和自己之間的距離並沒有縮短，反倒相距越來越遠。

雖然人在王國之心，但菲莉亞實際上一直有聽到關於卡斯爾的消息，他什麼時候穿過了森林、什麼時候進入沙海、什麼時候參加了流月地區最高級別的拍賣會……卡斯爾的一舉一動都受人關注，而且成為離自己的生活越來越遙遠的人。

——這樣下去，真的會像奧利弗說的那樣……吧？

又隨意閒談了幾句，奧利弗和迪恩碰見兩個沒有舞伴的少女，就索性雙雙結伴走了。

奧利弗和迪恩走後，菲莉亞和歐文也差不多吃飽了。不知不覺，舞池裡已經充滿了在轉圈的人群，音樂也越奏越響，歡鬧的氣氛充斥每一寸空氣。

來了總不能不跳舞，歐文又不大自在的拽了拽領結，低頭詢問菲莉亞：「……我們也去跳舞吧？」

「嗯、嗯！」菲莉亞立刻緊張起來，忘掉了之前想的事情，只是使勁低下頭盯住自己的腳尖。

他們走到舞池邊，正好一曲奏完，兩邊的男女互相行禮，然後不想跳的人就離開。菲莉亞和歐文趁機填進去，然後調整好姿勢。

一觸到菲莉亞背後的皮膚，歐文的手指就像被燙了一下，險些下意識的縮回來。之前還沒覺得露背有什麼問題，只是好看而已，現在他忽然有點不安了。他盡量不去觸碰菲莉亞的後背，但腦海中卻有一道聲音在慫恿他一遍又一遍的回味剛才一瞬間指尖上感受到的溫度。

——該死。

歐文在心裡罵了罵意志薄弱的自己，小心翼翼的托住菲莉亞的手。

菲莉亞倒是不反感歐文的接觸，只不過平時不會暴露出來的地方被不太暖和的手摸到，便不自覺的戰慄了一下。菲莉亞又往歐文身邊湊了湊，好讓他們能夠更方便的熟悉對方的舞步，然後低下頭，盯著鞋尖。

這時音樂奏起，歐文對舞蹈的音樂還是很敏感的，沒有誰指引，他本能的將菲莉亞的手一牽，兩人的身體自然的貼合。菲莉亞頓時覺得呼吸不過來，心臟都要停跳了。

……然後，五分鐘後——

「對、對不起！」菲莉亞慌張的道歉，對自己絕望的閉上眼睛。

「沒關係的。」歐文無奈的苦笑道。

這已經是五分鐘內菲莉亞第十幾次踩到他的腳了，其實她踩得並不怎麼重，歐文也不覺得疼，但菲莉亞卻好像極為愧疚的樣子，每次都會下意識的往後退，且她越愧疚就越心急，腳下的步伐就越亂，變得更容易踩到。

好不容易，又是一曲結束，舞池裡的人們開始變化。

菲莉亞的狀態應該是沒法繼續跳了，歐文嘆了口氣，牽著她的手將她從擠滿人的舞池中帶了出來。

「對、對不起……」

菲莉亞的腦袋幾乎要埋到胸口了。

她是真的非常沮喪。踩到這麼多次腳，即使是歐文，肯定心裡也有點生氣了……明明他跳得很好，熟練又優雅，如果舞伴不是她的話……

她為什麼總是拖後腿啊？QAQ

看到菲莉亞露出低落的神情，歐文立即慌張起來，他不知所措的注視著菲莉亞，雙手不知道放在哪裡才能安慰她，明明平時無論什麼話都能圓過去，此時卻忽然不清楚該怎麼才能將自己並不介意被踩的事表達清楚。

正當歐文猶豫半天仍不知怎麼開口的時候，忽然，馬丁那清朗的男聲帶著一絲驚訝和擔心插了進來：「菲莉亞？怎麼了，出了什麼事嗎？」

「哥哥？」菲莉亞一愣，抬起頭來。

過來的果然是馬丁，他今天看起來和平時不太一樣，應該也是穿了禮服的緣故。他穿著一套中規中矩的黑色禮服，釦子是淺色的，領子上整齊的皺摺有種莫名優雅的感覺，整件衣服很修身，將他襯得越發挺拔。

「出了什麼事嗎？」馬丁皺了皺眉頭，又問了一遍，「我感覺妳看起來不太開心。」

說著，他的目光輕輕的從歐文身上掃過。

馬丁還記得歐文，但他們從那次家長會之後就沒有再見過面，只是聽菲莉亞常常說起他們是好朋友，而且目前好像一起住在羅格朗先生家的樣子。從之前的印象來看，他倒不覺得歐文會欺負菲莉亞，可眼下的狀況……

「是跳舞的時候發生什麼問題了嗎？」馬丁想了想，又問了一次。

「沒有、沒有。」菲莉亞連忙搖手否認，臉頰微微一熱，「是、是我的問題，我一直踩到歐文……」

當著兄長的面說出來感覺很不好意思，菲莉亞又低下了頭。

馬丁看了看菲莉亞的表情，又看了看歐文。這個金髮男孩此時看起來有些苦惱的樣子，對菲莉亞手足無措。於是他鬆了口氣，淡淡的笑起來，輕輕摸了摸菲莉亞的頭作為安慰。

忽然，菲莉亞想起了什麼。

——既然哥哥在這裡的話，那麼……

果然，她很快在附近的人群中看到瑪格麗特那特別的酒紅色頭髮，她拿著一杯水喝著，注意到菲莉亞的視線，她扭過頭來微微點了點頭。

菲莉亞問：「哥哥，你和瑪格麗特一起跳過舞了嗎？」

「嗯，第一曲就跳了，不過……」馬丁笑著說道，「我跳得還不是很好，多虧有瑪格麗特帶著。」

馬丁原本並沒有學過跳舞，兩週前確定要一起來舞會後，瑪格麗特才開始教他。其實他基本的步伐都已經掌握了，只不過第一次到真正的舞會來跳，還不習慣罷了。

這時，馬丁發現瑪格麗特站得有點遠，旁人可能看不出他們是一起的，於是微笑著對瑪格麗特招了招手。

菲莉亞看見瑪格麗特的臉側泛起一絲紅暈，然後拖著裙子低著頭沉默的走了過來。

瑪格麗特今天無疑的也和平時很不一樣，她的那身禮服一眼就能看出是出自名家之手；另外，脖上綴的吊墜、手上掛的手鍊、裙襬底下偶爾探出尖尖一角的鞋子，無一不顯示出設計感與和諧感，顯然並不是隨便搭配的。

想到自己今天準備來見歐文的心情，菲莉亞多少能猜到瑪格麗特的想法，於是不由得擔憂起來。

——哥、哥哥應該不至於注意不到吧？不知道他誇過瑪格麗特了嗎……

忽然——

「想不到妳也在這裡，真巧啊，瑪格麗特！」

一道陌生的女聲忽然響了起來。

好像是認識瑪格麗特的人，菲莉亞奇怪的望過去，只見一個打扮極其高調的少女正挽著三王子理查的手臂，她抬著下巴，掛著勝利者的微笑走過來。

少女的長相和她華麗的裝束、複雜的髮飾一樣張揚，渾身上下彷彿都散發著孔雀開屏般恨不得誰都注意到她的美麗氣質，她同樣有一頭被認為是海波里恩美人標誌的紅髮，但不同於瑪格麗特特殊的酒紅色、卡斯爾那如跳動火焰般的活潑紅，她的直髮從髮絲到髮梢都是一成不變的標準紅，連光澤都極其統一，像是紅色的瀑布。

像這麼明顯的人，如果菲莉亞見過的話是肯定不會忘記的，所以……她大概不是冬波利的學生。

聽到自己的名字後，瑪格麗特皺了皺眉頭，好像不太情願的回過神。

「……蘇珊娜。」

被稱為蘇珊娜的少女傲慢的抬了抬頭，笑道：「我應該感謝『高嶺玫瑰』還記得她宿命的對手的名字嗎？」

聽到這句話，瑪格麗特的面頰不正常的漲紅。菲莉亞知道這是因為她其實並不喜歡「高嶺玫瑰」這個綽號，每次聽見都會十分尷尬，而且眼前的蘇珊娜還那麼大聲的喊出來，引得周圍人都看過來了。

不過，菲莉亞的關注點其實並不在這上面，她在震驚另一件事。

菲莉亞：瑪格麗特的對手，不、不是我嗎？Σ(っ゜Д゜;)っ

瑪格麗特……

「我們真是好久不見了，瑪格麗特。」蘇珊娜繼續說。

瑪格麗特：「……妳怎麼會在這裡？」

「很奇怪嗎？」蘇珊娜彷彿為回答這個問題而感到得意，下巴又往上抬了抬，「我當然是專程在這裡等妳。為了在學院競賽上徹底擊碎妳，我特地向學校申請延遲一年畢業，參加今年的學院競賽，這可都是因為妳沒能在九歲就考入勇者學校。」

——原來是高一個年級的學、學姐嗎？

菲莉亞微微張開了嘴。

瑪格麗特的表情仍然沒有什麼特殊的變化，她輕輕垂下眼眸，冷淡道：「……是嗎？」

這麼輕描淡寫的回應讓蘇珊娜一時語塞，但她的目光很快落在了站在瑪格麗特周圍的人身上。

「這就是妳的舞伴？」她從鼻腔裡發出「嗤」聲，「離開王城幾年，妳的品味已經下降到如此地步了嗎？」

瑪格麗特渾身的肌肉都僵硬了一下，下一秒，她眼睛中迸射出的光芒凌厲了起來。

蘇珊娜被這目光刺得下意識產生後退的衝動，如果不是強烈的好勝心支撐著她的話，或許她就真的退了。

她和瑪格麗特同齡，從小就認識，甚至還有一點親戚關係。如果不論勇者背景，只說貴族淵源的話，蘇珊娜的家世並不比瑪格麗特差。不過，在十歲之前，蘇珊娜從未將瑪格麗特放在眼裡過，那時候她才是同齡人中最耀眼的明珠，外貌、家境、幼年展現出來的天賦，無一不是出類拔萃，還被說成是「繼卡斯爾之後的天才」。

蘇珊娜的家族中很少有勇者，因此一直對擁有魔法天賦的她寄予厚望，期待她能在成年後成為一顆新星，連蘇珊娜自己也是這麼確信的。

相比之下，瑪格麗特是個極少拋頭露面的病秧子，聽說整天臥病在床，就算好不容易站起來揮劍，練習時間也不能超過一個小時。即使是在瑪格麗特九歲那年終於被宣布痊癒後，她也沒有考上任何一所勇者學校，只能乖乖回家為第二年備考。那個時候，蘇珊娜已經以當年本校第一的成績被帝國勇者學校錄取了。

然而到了第二年，瑪格麗特卻脫胎換骨般耀眼的重新出現。她的面頰一掃過去的病氣，變得健康而紅潤，半吊子的劍術忽然提高到一個不可思議的高度，並且以相當出眾的成績被冬波利學院錄取了。同時，瑪格麗特開始偶爾會出席王城圈的貴族聚會，長久以來積累的神秘感和的確相當出眾的儀態與容貌，讓她瞬間成為眾星拱月般的存在，奪走了蘇珊娜原有的光彩。

從那一刻起，蘇珊娜就將瑪格麗特視作宿敵，並且多次宣戰，只是瑪格麗特的反應很冷淡，這反而更加激怒了自尊心極高的蘇珊娜。

此時，見攻擊對方的舞伴似乎能激怒瑪格麗特，蘇珊娜越發用力的挽了挽身邊的三王子理查，下巴輕揚，想以此對瑪格麗特示威。

要知道，主動約到三王子可不是件容易的事，他幾乎是所有女生的目標，和去年卡斯爾面對的情況一樣，即使是蘇珊娜亦不得不多費了些小心機。不過，說起卡斯爾，蘇珊娜又有些不甘，她當然也試過邀請他，但卡斯爾．約克森表面上容易親近，實際上卻拒人於千里之外，他最後甚至乾脆沒有參加舞會。

感覺到蘇珊娜挽著自己的力道加強，自己的父親有好幾位王妃的三王子怎麼可能猜不到她的意圖，他頓時緊張的嚥了口口水。

老實說，從瑪格麗特一出現，他就已經無法將目光從她身上移開了，那份美貌就是無法抗拒的可怕魔力。他使勁的用眼角的餘光打量著瑪格麗特，但瑪格麗特始終沒有看向他，這無疑令理查十分心焦。

為什麼呢？之前不是有一場比賽她還特地來為他加油了嗎？

現在為什麼又裝作對他毫不在意的樣子？是嫉妒？吃醋？埋怨？還是欲擒故縱？

理查按捺不住的掃了一眼瑪格麗特的舞伴，那是個好像比較年長的高瘦少年，他的五官溫和而俊朗，但缺乏海波里恩所崇尚的男子的威武氣概……

——不、不，瑪格麗特肯定不會喜歡這種太過溫柔的氣質的，他根本不像個勇者！一定是對方死纏爛打才讓瑪格麗特不得不選擇他！

理查在心裡替瑪格麗特找了滿滿一籮筐的理由，這才心安理得的觀察起她的表情，但遺憾的是，瑪格麗特仍然看都沒有看他，只是蹙眉盯著蘇珊娜。

「我的舞伴是這個世界上最優秀的人，妳無權對他進行評論。」瑪格麗特語氣堅定的說道，「我不會在這裡跟妳打架，如果妳想要激怒我的話，我會將我所有的怒氣留到排名賽的決鬥場上。到時候，我絕不會對妳有所保留。」

瑪格麗特語調太過正氣凜然，蘇珊娜不由得一噎，過了三、四秒鐘她才反應過來，憤憤道：「求之不得！」

吵完之後，蘇珊娜跺了跺腳，挽著時不時回一下頭的三王子惱怒離去，看熱鬧的人群也好不容易散開。

瑪格麗特緩緩吐了口氣，回頭重新看向有點尷尬的菲莉亞和歐文他們。

「……對不起。」瑪格麗特道，「給你們惹了麻煩。」

「沒……」菲莉亞連忙搖手，她的確沒怎麼被波及到，充其量被瞪了兩眼。

歐文同樣無所謂的聳了聳肩。

瑪格麗特的目光閃了閃，緩緩看向馬丁。是因為她的關係，才會讓馬丁被羞辱，偏偏瑪格麗特最在意的就是馬丁的看法。如果這一次他對她的印象全部毀掉的話……說不定也不奇怪吧。

「沒有關係。」馬丁理解的笑了笑，然後他有些不自在的摸了摸頭髮，「反倒是……我的確沒有妳替我辯解得那麼優秀，謝謝妳，瑪格麗特。」

馬丁說得很真誠，淺棕色的眼睛彎成一道勾月。瑪格麗特眨了眨眼睛，然後飛快的移開了視線。

見他們沒事，菲莉亞終於鬆了口氣。

舞會的小插曲結束，他們之間重新變得順利起來。

和瑪格麗特與哥哥分別後，菲莉亞又小心翼翼的和歐文跳了幾支舞，不知是因為心情稍微放鬆了還是怎麼樣，狀態好像比之前好了許多，至少沒有不停的踩到歐文的腳。

菲莉亞偶爾抬頭看著歐文微笑的臉時，會有些恍惚。要不是那頭金髮的話，歐文無疑是個足夠引人注意的極為英俊的男孩子，尤其是那雙漂亮的眼睛，彷彿是黎明太陽尚未升起的天空，平靜又剔透的淺灰色。

在平日，她很少有機會和歐文離得那麼近，手心、腰間、身體前方都傳來歐文的溫度，兩人不同於平常的裝束亦給菲莉亞帶來一種似真似假的夢幻感，令她有些分不清自己身處在何處。

感覺到菲莉亞的目光，歐文疑惑的低下頭來。

「怎麼了？」歐文被菲莉亞盯得胸中發燙，又擔憂是臉上有東西影響了自己的形象。

菲莉亞卻倉皇的挪開視線，「沒、沒什麼……」

「對了。」歐文忽然道：「那個……謝謝妳戴了這條項鍊。」

其實他早就注意到了，只是不知道該怎麼開口。將項鍊送給菲莉亞之後，卻一直沒見她戴，歐文還以為她是不喜歡，要知道卡斯爾當年送的那條兔子吊墜，菲莉亞時不時就會拿出來配衣服的。

——但她終於把自己送的禮物戴出來了，還是在重要的場合。

歐文感到自己的身體滾燙，簡直就像他的心臟被菲莉亞掛在了脖子上一樣。

「它、它很漂亮。」菲莉亞有些焦急的說道，「我平時只是捨不得戴出來……要、要是弄壞的話……」

「嗯。」歐文高興又帶著點不好意思的微笑起來，他的胸腔再一次被充滿。

菲莉亞被歐文的笑容晃得幾乎睜不開眼睛。

——女、女神啊……能不能把時間延長一點，或者不要結束啊？QAQ

新年倒數過後，舞會氣氛最濃烈的時候也就過了，現場漸漸冷清下來，大家陸續離場。

歐文和菲莉亞也乘坐馬車返回了家。

時間畢竟是半夜，菲莉亞從馬車上走下來，剛剛進入自家大廳，就忍不住小聲的打了個哈欠。

看著菲莉亞睡眼矇矓的揉著眼睛，走路也稍微有點搖搖晃晃，歐文感覺心臟都柔軟了起來，極為小心的牽住她的手。

「……新年快樂，菲莉亞。」歐文輕輕道。

「新年快樂。」菲莉亞勉強睜開沉重的眼皮，迷迷糊糊回答道。

另一邊，馬丁回到家後，發現母親還坐在沙發上，身上仍然穿著上午換上的禮服，似乎也才剛剛回來的樣子。

今晚，安娜貝爾同樣被上司約克森女士邀請去參加一個跨年的聚會，邀請對象基本上都是她的好友和戰友，其中不乏重要的人士。此舉無疑也是約克森女士替安娜貝爾拓展在王城的人際交往圈，因此安娜貝爾十分感激。

只不過，回來以後，安娜貝爾的神情看上去卻有些恍惚。

她輕輕的擰著眉頭，手中把玩著一朵和真玫瑰外形相似、卻是用木頭製作的能一開一合的機械花。

馬丁自從在矮人機械的工作室工作之後，對這些小東西都十分敏感，看見那朵花，他問道：「那是爸爸送的嗎？」

「嗯。」安娜貝爾輕輕的答了一聲，繼而又問：「這是商行要出售的新產品嗎？」

馬丁搖了搖頭，「應該不是，我沒有見過……不過，如果是爸爸新做出來的話，以後可能會出售也不一定。」

馬丁仔細的打量了一下母親手中的花，雖然是用木塊磨成的花瓣，但每一片都有弧度，層層疊疊的貼合在一起，宛若綻開的舞裙。隨著母親的動作，花瓣們聚合在一起，繼而又綻放。儘管這朵花不可避免的會用到齒輪和螺絲，但馬丁卻從外表上看不出端倪，可見設計極為精巧，做工亦相當細緻。

想了想，他覺得自己應該沒有在工作室見過這樣的設計圖。另外，這朵花也不像是矮人那種一貫追求實用的、簡單明瞭的風格。

——這個不會是……爸爸他自己設計製作的吧？

這個念頭在馬丁腦海中一轉而過，卻不敢肯定。

畢竟矮人機械是極其嚴謹精細的東西，而矮人的所有理論資料全部失傳，光是按照設計圖製作就已經極為吃力了。至今為止，還從來沒有聽說過誰能夠憑自己設計出矮人機械這樣的東西來，哪怕是一朵能自己開合的小花。

▶◇◀◎▶◇◀

舞會對菲莉亞來說，簡直像是做了一場遠離現實的夢一樣。

在舞會中，歐文和菲莉亞之間的距離和其他跳舞的情侶沒有什麼差別，而舞會結束後，他們又恢復到了平時朋友的安全關係……歐文好像又變遙遠了。

很快的，雪冬節即將結束，在接近尾聲的那幾天，帝國勇者學校的布告欄終於貼出了上半年隨機賽中前五十名的名字，其中前四十八名將會參加下半年排名賽的角逐。

菲莉亞和歐文一起過去看名單，菲莉亞很快就在最頂端的幾個名字裡看見了自己，然後她忐忑不安的一個一個仔細往下核對，期望儘快看到歐文的名字。

歐文倒是相當淡定，他對自己的估算還算有一定的信心，此時只不過是驗證自己計算的準確度而已。

他從下往上看，果然一下子就看到了自己的名字。

歐文．哈迪斯，第五十名。

雖然是意料之中，不過歐文還是對這個於他來說再好不過的結果稍稍鬆了口氣。他轉頭對菲莉亞道：「不用再找了，我是第五十名。」

「第、第五十名？」菲莉亞心臟一停，連忙看向名單最末尾，真的是歐文的名字。

——不、不會吧？QAQ

——可是歐文明明很優秀啊……

菲莉亞覺得極為可惜，歐文的比賽她幾乎每場都看了，他之前的表現的確有些失常，幾乎所有輸掉的比賽都是運氣因素或者以微弱劣勢落敗，現在又以這麼微妙的差距卡在第五十名，不能參加排名賽……

——歐文現在肯定很失落吧？

菲莉亞小心翼翼的打量著歐文的表情，他手臂間夾著魔杖，手揣在口袋裡，表情仍然是淡然的微笑，看上去好像不太在意的樣子……但不難過肯定是不可能的吧？像這種時候仍然能將情緒控制得這麼好……

如果換作是自己，她肯定已經難過得鼻子發酸了。

換位思考一番，菲莉亞不得不更加尊敬歐文。她手足無措的想要安慰他，卻不知怎麼開口說才好，欲言又止，好不容易才道：「那、那個……歐文，我、我……」

「我沒事。」歐文清爽的笑了笑，「大概是我的水準還搆不上排名賽吧。別擔心，我本來就對自己的排名沒什麼期望的，下半年為你們加油也很不錯啊！再說，不用把注意力放在自己的比賽上，我才能在看你們比賽時更好的集中精力，吸取經驗提升自己啊。」

——好、好樂觀，好上進啊！真不愧是歐文！！QAQ

菲莉亞眼中的崇拜之情更勝，聽他這麼說，她心中亦不禁被激起許多積極的感情。菲莉亞將拳頭握緊，慢慢的放到胸口，用力道：「歐文，我也會努力提升自己的！就算輸了肯定也有可以跟對手學習的地方……」

歐文：？

雖然不太明白為什麼菲莉亞忽然說這些，但歐文維持著微笑點了點頭，「嗯。」

此時，混在人群中聽見了他們兩人的全部對話，卻因為吃過歐文幾次虧，所以沒有貿然上前打招呼的奧利弗默默的掃了一眼名單末尾的歐文的名字。

奧利弗：「……」

要說歐文全力以赴卻真的被擠在排名賽之外，奧利弗是絕對不會信的。

之前隨機賽的時候，他就發現歐文絕對還是在隱藏實力，他當時以為歐文在學院競賽還保留實力是為了在最後決賽時放大招，但現在他卻堪堪被擠在排名賽之外，這……

難道是歐文一不小心失算了？按說這個可能性是最高的，可奧利弗不知怎的始終覺得哪裡不對勁，但如果不是這個原因的話，剩下的可能就會變得極為可怕了。

——歐文不會是……特意把自己算在這個名次上的吧？

——要知道，今年參加學院競賽的有整整三所學校的學生，資料量和訊息量極為龐大，每年學生水準與層次的不齊，會導致每年進入前五十強需要贏的次數都不一樣，根本無法預測，要是歐文真的把這些都計算出來，還正好卡在第五十名這麼微妙的位置的話……

——不，不管怎麼說，這也絕對不是人類能做到的事，說不定換作是早在遠古就失去蹤跡的傳說中的半神族還有可能……

奧利弗想了半天，感覺腦子亂成一團，完全整理不出思緒。他晃了晃腦袋，最後看了一眼低頭和菲莉亞說話的歐文，放棄了繼續思考的打算。

第四章 不小心親錯了吧？

轉眼，下半年的排名賽就要開始了。

前四十八名的學生中，三所學校的人數都差不多，都是十幾人。

除了成績最好的菲莉亞和瑪格麗特之外，奧利弗、迪恩、凱麗、貝蒂和南茜也都代表冬波利學院入選了，不過南茜的成績是第四十七名，只是勉強湊進來而已，還是靠著幾場團隊賽的成績積分，奧利弗和迪恩的排名都在三十幾名，反而是平時不太有存在感的凱麗排名在前十。

在排名賽正式開始前的最後一個休息日，菲莉亞約了瑪格麗特一起進行賽前練習。

「希望能夠盡量走到前面一點的位置。」訓練中的休息時間，菲莉亞擦了擦額頭上的汗水，有些擔憂的說道：「如果可以的話，希望至少能排到前二十五名……」

瑪格麗特一邊擦拭著自己的銀劍，一邊抽空瞥了她一眼，淡淡說道：「妳不是還沒有輸過嗎？」二十五名的要求也太低了吧。

「可是……隨機賽時我幾乎沒有碰到什麼強敵。」菲莉亞連忙擺手解釋，她的確沒有輸過，她也將自己亮眼的成績歸結於運氣，「排名賽的話，對手肯定都是很優秀的人吧？」

她說得倒也沒錯，菲莉亞上半學期的運氣確實很不錯，另外三個一場都沒輸的人，她一個都沒有在競賽中碰到。

瑪格麗特想了想，「……大概吧。」

她的目光堅定，藍色的眸子看起來極其銳利，「不過，我不會輸的。差不多了，我們繼續吧。」一說著，瑪格麗特握著劍柄站了起來，戰意已重新燃起。

菲莉亞一愣，連忙也從地上爬起來，將重劍放在身前，擺好姿勢。

其實菲莉亞感覺到瑪格麗特明明應該已經很疲憊了，之前訓練的時候，她幾乎不放過任何向她進攻的機會。不知是什麼力量支撐著瑪格麗特一遍又一遍的站起來繼續戰鬥，而不是乾脆好好的休息一下，彷彿她的體力根本用不完似的……

菲莉亞不由自主又想起了那天在舞會上碰到的那位叫蘇珊娜的貴族少女，在那之後瑪格麗特有和她說過一些關於蘇珊娜的事，她也記住了一些，知道蘇珊娜並不是第一次對瑪格麗特宣戰了。

——對方看起來好像很強的樣子，還是大她們一年的學姐，理論經驗和作戰經驗肯定都比她們要豐富……

不會有事吧？菲莉亞忍不住擔心起來。

▶◇◀◎▶◇◀

終於，學院競賽最後的排名賽正式開始了。

雖說是一場全新的比賽，先前的一切全都不作數，可畢竟參賽的足有四十八人，其中有不少人是菲莉亞早在隨機賽時就已經遇到過的對手。以菲莉亞認真謙虛的個性，她自然是無論何時都會全力以赴，但沒過幾場比賽，她就發現她的對手在遇到她時都兩腿發軟，尤其是先前就打過照面的。

菲莉亞當然不知道她在其他人眼中儼然是一臺勝利收割機，每場比賽都勝利，而且幾乎每場比賽都在幾秒鐘到幾分鐘之內結束——這種戰績太誇張，大概只有去年的卡斯爾才能做到。有些認真的學生甚至專門在定期茶會裡對如何對付菲莉亞進行了討論，最後的結論是強力量型選手對菲莉亞根本無法破解，不管是優勢的體能，還是速度、精準度之類的，全部都無法和菲莉亞相比。

菲莉亞不僅體力驚人，她那在強力量系學生中分外嬌小纖細的身材還使她擁有了重劍士理應不可能擁有的速度，更別提她那每次都能準確打擊弱點的可怕觀察力……

由於從屬性上說幾乎無懈可擊，弓箭手、魔法師、劍士等專門對付菲莉亞這重劍士職業的，亦幾乎沒有任何辦法，只是能比重劍士多撐個幾秒到幾分鐘而已，但凡被近身就算完蛋了。劍士這種本來就需要近戰的尤其處於劣勢，連人數比較少、招式怪異且神出鬼沒、大家公認難對付的刺客，都不得不迅速拜倒在菲莉亞的劍下。

媽媽，這是真正的戰鬥女神降臨吧……

另外，大家對菲莉亞為什麼能達到這麼高的水準進行了探討。於是，他們知道了菲莉亞在使用重劍之前，是個鐵餅投手……

鐵餅……投手……

在最初的詫異之後，大家都露出了恍然大悟的表情。

這樣的話，就說得通了。

沒錯，只有這種累贅、無用、如今幾乎完全被廢棄的古代武器，才能同時訓練出這麼高的力量、敏捷和精準度。將重達四公斤的鐵餅擲到幾百公尺外，又還有高空投擲，勢必需要超出常人的力量；而鐵餅又是一次性的武器，必須百發百中，而且一擊致命，否則就有可能赤手空拳被敵人追上，所以「精準」這個詞無疑會刻進每個鐵餅投手的骨子裡，讓他們時刻保持高度集中力；此外，將一塊鐵餅擲出後，鐵餅投手必須以最快的速度出其不意的將鐵餅撿回來，或者在隊友掩護下迅速拿到下一塊鐵餅，因此速度也相當重要……

果然，雖然極累，但的確只有這項運動才能訓練出菲莉亞這樣全面發展的勇者！

她……難道是早就知道這些，才會選擇吃力不討好的鐵餅苦練這麼多年嗎？

大家不禁對菲莉亞刻苦追求卓越的精神和可怕的遠見產生了由衷的敬佩，很快，王城內的鐵餅都被有上進心的青年一掃而空，擲鐵餅成了全王城勇者最新潮、最時髦的鍛鍊方式，並迅速風靡全國，帶起一股海波里恩的鐵餅潮，甚至有普及到艾斯的趨勢。

在數年之後，昔日的學生中有幾名任職成為勇者學校的教授，他們將鐵餅列入強力量型勇者的必修課程，再後來普及到全校所有專業。

看著學生們朝氣蓬勃擲鐵餅的身影，早已兩鬢斑白的冬波利武器店老闆終於流下了欣慰的淚水……

當然，這些都是很久以後的事了，此時鐵餅還只不過在小範圍內堪堪流行起來而已。

▶◇◀◎▶◇◀

三個月後，經過激烈的角逐，學院競賽終於進入到最後的高潮階段。

排名最高的六個學生，每人都會和另外五人進行決鬥，最後按照勝利的次數來排名。雖說是為了做出前六名的排名，但實際上，只有前三名能為學校拿到特別高的積分，剩下有排名的人按照前十、前三十、前五十名的順序遞減積分。

最後六人的比賽差不多算是決賽了，三所學校的所有學生應該都會前來觀摩，決鬥場的觀眾席會被擠得滿滿的。同時，六個學生的資料亦被呈現在眾人面前，大家都在猜測最終的排名。

冬波利學院的菲莉亞、瑪格麗特和凱麗。

帝國勇者學校的理查和蘇珊娜。

王城勇者學校的尤萊亞。

「……今年的冬波利強過頭了吧？」

「沒辦法，那邊有個百戰百勝還全部瞬間絕殺的菲莉亞．羅格朗啊……另外高嶺玫瑰也在冬波利。幸好我們還有三王子和蘇珊娜，他們兩個都很厲害。王城勇者學校就慘了。」

「我真擔心，蘇珊娜在排名賽的時候輸了兩局吧？她本來就……等等，說起來冬波利那個叫凱麗的是誰啊？」

距離最終決賽還有一週的休整時間，幾乎所有學生都在對這場比賽議論紛紛，無論是這些人中的哪兩個進行對決，好像都很有看點的樣子。

這天是公告第一次對決順序的日子，為了給菲莉亞她們鼓勵，全宿舍的人都聚在一起，往布告欄走去。

「太棒了！今年的六強裡，有三個都是我們宿舍的！」南茜興奮的大叫，她一邊叫，一邊用力拍凱麗的肩膀，「尤其是凱麗！妳竟然進了決賽！真是太厲害了！平時我一點都沒有看出來妳這麼強！」

凱麗是幾人中體型最小的，被高挑的南茜用力拍打，她縮著肩，無奈擠出一個苦笑。

貝蒂則是輕輕揚了揚下巴，說：「而且，我們入選的全是女孩子，男的真是一點用都沒有……即使算上其他學校，也是女性多！」

「這個……平均下來其實都差不多吧？」南茜一把勾住凱麗的脖子，壓在她身上，眼睛卻看著貝蒂，奇怪道：「貝蒂，妳是不是對這種事太敏感了？我們學校人多不就好了？傑瑞也很高興啊！」

貝蒂恨鐵不成鋼的掃了一眼南茜，沒有說話。

幾分鐘後，她們已經走到了布告欄前。

菲莉亞感覺自己的心跳立刻加快了許多，她不由得嚥了口口水。

「大小姐，就算碰到的是蘇珊娜小姐，您也不需要緊張的！您早就不是從前的您了！」溫妮一直追在瑪格麗特身邊，信誓旦旦說著鼓勵的話，「現在的您絕對不可能再輸給蘇珊娜小姐的！」

瑪格麗特：「……嗯。」

終於，布告欄近在眼前。一張嶄新的對戰表已經貼在了最顯眼的位置，菲莉亞的喉嚨都因為心跳太快而痛了起來。

理查，尤萊亞，蘇珊娜……

她的視線順著名字一個個往下移，然後，她看見了——

菲莉亞．羅格朗 VS. 瑪格麗特．威廉森瑪格麗特：「……！」

菲莉亞：「……！」QAQ

「第一場妳們兩個就碰上了？」南茜露出些許差異的表情，「真是不巧啊……我還以為能先有個尤萊亞之類的對手適應一下的……」

團隊賽的時候，南茜由於被分到對方陣營的關係，並沒有和尤萊亞有太多接觸。對她來說，這個名字仍然代表了一個金色長髮娘娘腔的魔法師，而且在團隊賽最終對決的時候就一直站在旁邊袖手旁觀，即使知道對方一場都沒輸過，南茜也沒什麼他很厲害的實感。

貝蒂又因為南茜的頭腦簡單而痛苦的捂住了臉。

菲莉亞有些不安的看向瑪格麗特，猶豫道：「瑪格麗特，那個，我……」

「我會全力以赴。」瑪格麗特迅速的從最初的失神緩過來，她推了推眼鏡，湛藍的眼眸重新變得堅定，「我們是朋友……但我沒有忘記過妳是我的對手。所以，同樣，如果妳對我放水的話，我會非常生氣。」

看著瑪格麗特的眼睛，菲莉亞放下心來，同時她感到自己的胸腔裡也有什麼被點燃了。她將拳頭握在胸口，用力道：「我、我會全力以赴！」

「嗯。」瑪格麗特略一點頭，就看向了別處。

老實說，她相當期待與菲莉亞對決。菲莉亞的優秀，瑪格麗特當然很清楚，她擁有和自卑謙虛的性格所不匹配的、極為驚人的力量，並且在冬波利的這幾年裡，她們兩個合作的次數很多，卻從未真正的來過一場有輸贏的決鬥。

——現在或許是機會了。

從帝國勇者學校回到家，已經是幾個小時之後。

今年室友難得聚在一起，明年又要為了實習各奔東西，再團聚應該就是期末考和畢業典禮，所以她們幾個一起在外面吃了飯，又逛了王城的市中心，南茜還在中途開玩笑說「這說不定就是我們六個人最後一次一起玩了」。

——畢業啊……

菲莉亞有些恍惚的晃晃腦袋，她之前還以為是很遙遠的事呢，聽她們一說才驚覺只剩一年多了。

學院競賽已經接近尾聲，等學院競賽結束，五年級也就結束了，六年級大家幾乎都不會在學校裡，也就是說……她在冬波利的時間只剩下畢業考試和畢業典禮了？

菲莉亞心尖一顫，但旋即又安下心來。

她和歐文已經說好了畢業要去同一個勇者團隊，他們總不會分開的。瑪格麗特不管去哪裡，最終家還是在王城，她們肯定會有機會再見面。

菲莉亞鬆了一口氣，這時才意識到她已經在自家門口呆呆站了好一會兒，連忙拿出鑰匙開門。

「菲莉亞！」

剛一進門，菲莉亞就聽見有道十分有精神的聲音喊著她的名字，她順著聲音轉頭，竟然看到卡斯爾正坐在客廳的沙發上。

對上菲莉亞的目光，卡斯爾笑著露出虎牙，揮了揮手，道：「好久不見！」

「好、好久不見……」菲莉亞一時沒反應過來，過了好一會兒才猛然回神，「卡、卡斯爾學長，你回來了？！」

看到她的反應，卡斯爾越發燦爛的笑起來，「嗯，實習要結束了，畢業考試之前回王城休息幾天。我正在聽歐文說你們學院競賽的事呢，妳做得很好啊，菲莉亞！」

菲莉亞聽到誇獎，臉頰一紅，連忙擺手道：「不、不，我只是運氣好而已，之前幾乎沒有碰到什麼排名賽名次很前面的對手，現在決賽的對手更是一個都……」

聽到她的話，卡斯爾嘴角的弧度又輕輕的彎了彎。

——菲莉亞她果然一點都沒變。

看到卡斯爾注視菲莉亞的目光，歐文不知怎的感到一陣煩躁，於是他插話道：「對了，菲莉亞，看過第一戰的對決表了嗎？妳的對手是誰？」

「……是瑪格麗特。」

說到這件事，菲莉亞的眉間又黯了黯。

儘管決定要全力以赴，但想到要和瑪格麗特對打，菲莉亞還是覺得有點怪怪的。

「妳和瑪格麗特嗎？」卡斯爾驚訝道，在他看來，菲莉亞和瑪格麗特無疑都是相當出色的學生，「……唔……妳不介意我也去看看吧？」

「不，不……那個，當然不介意。」菲莉亞感到相當意外，她沒想到卡斯爾學長會想看她的比賽。

卡斯爾尖尖的虎牙又露了出來，他的眼睛笑成兩道彎勾，「那就好，謝謝啦。」

又普通的聊了幾句，卡斯爾就離開了。

菲莉亞看向坐在對面的歐文，歪了歪頭，問道：「那個……歐文，卡斯爾學長是不是看起來和以前有點不一樣？」

其實一進來她就注意到卡斯爾和過去又不同了，無疑，他的個子又長高了，小麥色的皮膚和包裹在衣服下的肌肉比過去更加充滿著隱隱的爆發力，五官似乎也因此有一種充斥著活力的立體，當他握著劍站起來的時候，菲莉亞會有一種「這是個真正的勇者」的感覺。

不知怎麼回事，聽到菲莉亞的問題，歐文在卡斯爾走後剛剛平息下來的不安又再一次升起。明明才和父親談過，並且知道他並不需要殺掉傳說的勇者後，他對卡斯爾的敵意已經減弱了，還能心平氣和的坐下來和對方談話。

就算是歐文也不得不承認，卡斯爾的確是那種很容易讓人心生好感的值得交往的人類。

他又看了眼似乎只是單純在奇怪著的菲莉亞，心不在焉的回答：「……嗯，也許吧。」

▶◇◀◎▶◇◀

轉眼就到了菲莉亞和瑪格麗特決賽的當天。

菲莉亞比任何一次都早到達了比賽場地，裁判來的時候看到比賽的女孩一個人孤零零的站在場地一側，還愣了愣。

「妳不用這麼緊張的，就算輸了也不要緊，妳們不是同一所學校的嗎？不虧。」他安慰菲莉亞道，「而且妳都已經進入決賽了，不管怎麼樣，這樣的成績都是很優秀的。」

菲莉亞在意的根本不是這些，但她還是繃著臉，僵硬的點點頭。

她並沒有等太久，瑪格麗特似乎也有意早來一些，裁判來後不久，她就到了。看到菲莉亞，她略微點了一下頭，然後就開始最後一次檢查盔甲和劍。

主席臺陸續被填滿，她們兩個是排名賽最終決戰的第一戰，因此分外受人關注。

終於，裁判宣布比賽開始。

菲莉亞將重劍舉到胸前的高度，雙手不自覺的握緊，儘管還沒開始戰鬥，額角卻已經流下了汗水。

劍刃延伸的直線可以一直連接到瑪格麗特的胸口，瑪格麗特側過身，單手握劍，沉靜的目光筆直的注視著菲莉亞。

瑪格麗特並沒有主動進攻的意思，菲莉亞知道她在等她。

菲莉亞緩緩舒了口氣，步伐重重一踏，棕色的頭髮被身體帶起的氣流吹起，她朝瑪格麗特的方向衝了過去！

霎時，鐵器碰撞的鏗鏘聲便在決鬥場中恣意響起。

因為是學院競賽裡最高規格的比賽，選手雙方又是風格迥異的長相出眾的女孩，兩人的動作皆無比流暢、漂亮，如果有音樂的話，簡直是暴力與藝術結合的瘋狂的舞蹈。觀眾的情緒十分激昂，弄得觀眾席上相當吵鬧，尤其是來看比賽的人中那些曾經和菲莉亞過招過的學生，他們簡直連下巴都要掉在地上了。

不過，不只是因為菲莉亞展示出比平時更上一層樓的水準，還因為瑪格麗特。

只有真正體驗過菲莉亞的重劍才會知道，那一瞬間壓迫下來的力量有多麼可怕，彷彿不管多麼堅硬的鋼鐵都能震碎，和菲莉亞打過交道的對手起碼有一半是因為武器不可修復性破損而被判失敗的。

但瑪格麗特不一樣，她已經接下了菲莉亞幾次劈頭而來的攻擊。那把看上去纖細修長的長劍不僅沒有碎裂，反而隨著瑪格麗特優美的動作越發鋥亮。

卡斯爾專注的盯著場中兩個女孩互相試探、彼此尋找契機的動作。

他的主要武器是長劍，和瑪格麗特一樣，因此瑪格麗特對付菲莉亞的方式能夠給他很多的啟發和靈感。當初他和菲莉亞戰鬥的時候，其實主要依靠的是力量和技巧，但瑪格麗特不同，她的力量並不出眾，所以更加注重速度，當然，在場中所使用出來的將菲莉亞的力量化解到能夠承受的劍術亦足夠讓人驚豔。

「菲莉亞會贏的。」

忽然，旁邊的人的聲音打斷了卡斯爾的思路。

歐文的說話聲太過冷靜突兀，卡斯爾彷彿忽然被從夢中拽出一般，剎那清醒過來。他轉過頭去，只見歐文同樣看著場中，眉頭微不可見的擰起，一頭金髮幾乎融成陽光的一部分。

卡斯爾一愣，有些分不清歐文是出於對菲莉亞的信心，還是對場中局勢的判斷才會這麼說，不過……

卡斯爾微微抿起脣，笑了笑道：「嗯，我也覺得會是菲莉亞贏。」

卡斯爾的話音剛落，激烈的兵器碰撞聲忽然停了下來。

「……我認輸。」瑪格麗特氣喘吁吁道，「是我的失敗，我認輸。」

瑪格麗特的認輸引起觀眾席一片譁然，在大部分人看來，勇者的戰鬥應該不到最後一秒絕不結束才對，瑪格麗特放棄得太早了。

「咦，她怎麼認輸了？」有不明所以的觀眾奇怪的問道，「她又沒有受傷，武器也還完好……應該還可以打吧？」

「她的體力跟不上了。」看懂一些的人解釋道，「你們看看瑪格麗特，她已經喘不上氣了，但菲莉亞仍然一點事都沒有，連臉都沒紅。這樣比下去沒有任何意義，即使瑪格麗特繼續死撐，最後還是會被菲莉亞拖入絕境，這畢竟不是正規的比賽，提早結束避免更大損傷才是正確的判斷。」

其他人儘管對這樣的理由還有一些失望，但覺得合情合理，只能接受這個原因。

而此時，在場內，菲莉亞來不及收劍，就焦急的跑向瑪格麗特。

菲莉亞擔憂的開口：「那個……瑪格麗特……」

「不用，我沒事。」瑪格麗特制止了菲莉亞繼續跑過來的動作，推了推架在鼻梁上的眼鏡，對她微微點頭，「……和妳對決很愉快，謝謝。」

「可……」

菲莉亞還想再說什麼，但瑪格麗特匆忙的收了劍，快步轉身離去。

裁判同情的看著菲莉亞，問道：「妳們是朋友嗎？她在生妳的氣？別擔心，我想瑪格麗特這樣的名門小姐不會連輸的氣量都沒有的，她可能是有什麼急事要回去吧。」

「不，不是的……那個……」菲莉亞十分擔心的望著瑪格麗特越走越快的背影，不知道該講還是不該講。

剛才，裁判好像瞇了一下眼睛沒注意到，而觀眾席離得遠，應該也沒看見，可是菲莉亞卻看得清清楚楚——瑪格麗特的腳踝在做一個高難度迴避的動作時，以極其詭異的角度扭到了，扭成那種弧度的話，恐怕……

學院競賽為了保證學生的安全，也是為了不讓未來的勇者苗子過早夭折，規定嚴重受傷的學生必須提前退賽休養，尤其是手腕、腳踝等關節部分受傷，以及骨折之類容易留下後遺症的受傷方式，更加不能勉強。

畢竟只是看到瑪格麗特的腳踝閃了一下，她又一直裝作好像什麼事都沒發生的樣子，菲莉亞並不能確定她到底傷到什麼程度，可是……

「對了，第一場比賽結束後，我應該公布妳們下一場比賽的對手。」裁判翻了翻手裡疊得整整齊齊的一堆紙張，「菲莉亞，妳的對手是尤萊亞·科……」

「我棄權！裁判，我提前棄權！」

忽然，一個金髮的男孩單手撐著圍欄從觀眾席上跳了下來，他徑直跑到裁判和菲莉亞這邊，向上舉著雙手。

「我看過她的好幾場比賽，我認為我不是她的對手。」尤萊亞聳了聳肩，「對於不在同一個等級上的對手，我覺得繞開保留實力才比較明智，我更想將勝算加在其他對手頭上。」

「你確定？」裁判詫異道，他對決賽的選手也有瞭解，實際上尤萊亞是他十分看好的學生，「如果你棄權的話，就沒有辦法反悔了。」

尤萊亞堅定的點頭，他的眼眸平靜的讓人看不出情緒，「我很確定，老師。」

「……好吧。」

等裁判將他的名字從比賽簿上劃去後，尤萊亞就逕自離開了，他全程甚至都沒有看菲莉亞一眼，菲莉亞實在對自己憑空多出來的一場勝利感到莫名其妙。

但裁判的話讓菲莉亞很快將注意力收了回來。

「對了，菲莉亞，能麻煩妳將瑪格麗特下一場比賽的對手告訴她嗎？」裁判說，「她的下一個對手，是帝國勇者學校的蘇珊娜……」

於是，比賽結束後，菲莉亞立刻後腳追在瑪格麗特後面，拜訪了她家。

瑪格麗特家的僕人已經對菲莉亞十分熟悉了，因此沒怎麼過問就將她帶進宅子裡，並引菲莉亞去瑪格麗特的房間。

「那個……瑪格麗特已經回來了嗎？」菲莉亞擔憂的試探著問道。

「大小姐幾分鐘前剛剛到家。」僕人恭敬道。

「那她……看起來還好嗎？」

「嗯？您指什麼？」一面對菲莉亞的疑問，對方奇怪的歪了歪頭，「小姐她……心情可能有點不好吧？不過，小姐平時就常常擰著眉頭，您不用在意……」

說著話，他們已經到了瑪格麗特的房門前。

僕人代菲莉亞敲了敲門，裡面傳來瑪格麗特的緊張聲音：「誰？」

「是菲莉亞小姐來找您了。」

「……讓她進來，你走開。」

「是，大小姐。」

接著，僕人恭順的對菲莉亞道：「正如您聽到的，瑪格麗特小姐好像只希望您一個人進去，那麼我就失陪了。」

聽到瑪格麗特的語氣，菲莉亞越發有種不好的預感。等僕人離開後，她才小心的將門打開一條縫，將自己擠了進去。

瑪格麗特拉上了窗簾，而且沒有開燈，因此儘管有陽光從窗簾未完全遮蔽的縫隙中滲進來，房內仍然相當幽暗。

等菲莉亞看清裡面的情形，不由得倒吸一口冷氣。瑪格麗特已經卸下了防護的鐵靴，她的整個腳踝都高高的腫了起來，簡直像是突起的山峰。這完全不像是沒事的樣子啊！

「對不起……」菲莉亞下意識的道歉。

「不關妳的事，是我自己腳法不穩。」瑪格麗特語氣冷淡道，她一邊說著，一邊低頭為自己敷上藥膏，並且用繃帶一圈一圈緊緊的纏起來。

菲莉亞呆呆的注視著瑪格麗特的動作，直到纏完最後一圈，她的表情都沒有任何變化，人也沒有發出一點聲音，明明做的是連旁觀都覺得疼的事。

「我下一場的對手是誰？」瑪格麗特問道。

「……蘇珊娜。」菲莉亞遲疑的回答。

「嗯，是嗎？」

難道瑪格麗特還不準備退賽嗎？菲莉亞不禁心頭一跳，她很想出口詢問，但欲言又止，害怕戳傷瑪格麗特的自尊心。

看到菲莉亞的表情，瑪格麗特彷彿已經明白了她想說什麼。

「我不會退賽，即使是其他對手也不會，更別說是蘇珊娜。」瑪格麗特說著，「……我需要和她做個了斷，這是之前在舞會上做出的約定。」

其實並不僅僅是因為蘇珊娜對馬丁出言不遜，這份矛盾是長久以來積累下來的。

她和蘇珊娜從小就認識，以前的關係還能算是不冷不熱，但自從她們兩個人都進入勇者學校後，不知不覺彼此之間的氣氛就越來越緊張，甚至到了每次蘇珊娜從她身邊走過都會翻白眼的地步。

瑪格麗特實際上並不是很清楚蘇珊娜針對她的原因，但顯然這並不是件能讓人感到愉快的事。如果遲早要解決的話，還不如儘快。而且……

瑪格麗特捏緊的拳頭又更緊了緊，她需要自己的籌碼。

以前她或許就像父母預計的那樣，只準備著從勇者學校獲得畢業證書後留在王城，擔任一份體面又安全的工作。

可現在她已經不甘心於此了，要想得到更大的權力的話，靠大量任務堆積起名望也好，靠殺死魔族乃至魔王也好，她必須要成為勇者。而建立起作為勇者聲望的第一步，就是在學院競賽中贏得盡量高的名次。

雖然是家裡的獨生女、錦衣玉食的大小姐，但瑪格麗特很清楚，她其實並沒有什麼話語權。她也可以提出要求或者建議，可最終決定的人是父親，如果是觸及父親底線的事的話，她是絕對不可能改變的……

這樣一來的話……馬丁……

想到對方到現在都只把她當作妹妹的朋友來看待，瑪格麗特的神情略有幾分黯然。儘管馬丁仍然對她十分溫柔，從以前到現在都是，但……

如果可以的話，想要從對方的眼中看到更特別的目光，不是對誰都一樣的溫和包容，而是更強烈、更熱烈的……

瑪格麗特不敢繼續想下去，腳上傳來的痛感讓她更清醒的明白自己活在現實之中。

看到菲莉亞投來的關切視線，瑪格麗特愣了愣。

菲莉亞的五官和她的兄長有很多相似之處，他們是一眼就能被認出是兄妹的那一種，難道她會對菲莉亞心生好感，也是因為從一開始就隱隱感覺到她和自己要找的人相像嗎？

瑪格麗特定了定神，「但我不至於拿自己的腿開玩笑，真的感覺到撐不下去或者贏不了的話，我會放棄。」她頓了頓，又道：「不用擔心我。還有，請不要將這件事告訴別人。」

▶◇◀◎▶◇◀

轉眼，到了瑪格麗特和蘇珊娜比賽的那一天。

瑪格麗特逕自去了決鬥場，於是菲莉亞便自己到觀眾席。然而，當她試圖找一個視野比較好的位置時，卻碰到了意料之外的人。

「哥哥？」菲莉亞驚訝道。

馬丁轉過頭來，看到是菲莉亞，輕輕的笑了笑，「嗯。」

「哥哥，你怎麼會在這裡？」菲莉亞奇怪的問道。

雪冬節結束，馬丁的學徒生涯也繼續開始了。據菲莉亞所知，哥哥最近並不是十分空閒的，而且他也不十分熱衷於學院競賽這一類跟勇者有關的事，如果不是菲莉亞有比賽的話，他一般都是不會來看的。

但現在，哥哥卻出現在瑪格麗特比賽的觀眾席上，不僅如此，他還沒有提前通知她……種種不同尋常的跡象讓菲莉亞心頭一跳，難道說，哥哥也對瑪格麗特……

「我之前看了妳和瑪格麗特的比賽。」馬丁沒有注意到菲莉亞神情飄忽，他的微笑中帶了一些無奈和擔憂，「瑪格麗特她……是傷到了吧？我看她好像扭到腳，之後就喊了認輸，感覺可能並不是小傷……」

菲莉亞一愣，「你看到了？」明明觀眾席和決鬥場離得那麼遠，就連裁判都沒有注意到瑪格麗特曾經慌張的調整過一次姿勢，哥哥卻看見了……

「嗯。」馬丁不安的點點頭，「而且這次她的對手又是那個女孩子……之前雪冬節舞會的事讓我覺得有點心慌，所以臨時來看看。抱歉，菲莉亞，沒有通知妳。」

——原來是這樣……

馬丁很官方的解釋讓菲莉亞剛剛緊張起來的心臟被潑了一盆冷水般冷卻下來。

——不過……至少說明哥哥很關心瑪格麗特吧？

說起來，瑪格麗特腳上的傷還沒有好。為了避免消息洩露而被強行停止比賽，瑪格麗特沒有找醫生，只是自己用平時跌打損傷的藥進行簡陋的處理，因此痊癒得很慢，從第一場比賽到第二場比賽之間有整整一週多的休養時間，可瑪格麗特的腳踝僅僅稍稍消腫了一些。

老實說，菲莉亞很擔心瑪格麗特是不是還曾帶傷進行過訓練。以瑪格麗特認真又堅韌還有點遲鈍的個性，真的會這麼做也說不定……

菲莉亞的視線又放回場上，瑪格麗特的表情還是和平時一樣，平靜的讓人看不清喜怒，更不要說判斷傷勢如何了。她只是安靜的擺弄檢查著手中的劍，好像世界上的其他人都不存在一樣。

忽然，瑪格麗特的動作停了下來。

蘇珊娜穿著繡著古典花邊的精緻法袍、握著鑲嵌剔透寶石的魔杖、高高的抬著下巴走進賽場，她將那頭顯然經過精心護理的紅色直髮撥到腦後，大步徑直的走到瑪格麗特面前，輕蔑的「哼」了一聲。

「妳的盔甲總是這麼老舊。」蘇珊娜嫌棄道，「換作是我的話，絕不會穿上個季度的魔法袍。怎麼，難道冬波利連家像樣的裝備店都沒有嗎？」

瑪格麗特輕輕抬眸，看了她一眼，說道：「對付大部分對手的話，這身裝束就夠了。但對付妳的話……」

她頓了頓，然後輕輕摘掉了眼鏡，用力甩出去，細邊的眼鏡重重的撞到牆，然後掉在地上，看樣子是折斷了。

瑪格麗特繼續說：「連使用眼鏡的必要都沒有。」

蘇珊娜：「！」

沒想到自己的挑釁會被堵回來，瑪格麗特既囂張又傲慢的發言讓蘇珊娜氣得牙癢癢，卻一時失去了反擊的言辭。

裁判不明白兩人之間敵對的氣氛是怎麼回事，視線在她們之中來回掃了幾圈，這才宣布比賽開始。

跟和菲莉亞戰鬥時不一樣，裁判話音剛落，瑪格麗特已經如同離弦的箭一般朝蘇珊娜的方向衝了過去！

在魔法師對戰物理類戰士的時候，魔法會使他們具有天然的攻擊距離優勢。無論哪個近戰的戰士都不得不承認，魔法師是他們討厭的那種對手，難纏又無法破解。

比賽一開始，蘇珊娜的魔法球就不斷在瑪格麗特周圍炸開。

為了和瑪格麗特站在同一個戰場上，蘇珊娜延遲一年畢業，但她並沒有因為多一年的經驗就懈怠，在有餘力的時候，她都抓緊時間一刻不停的學習，努力提升自己。畢竟比其他人多上一年學，蘇珊娜吟唱魔法的速度非常快，語句非常流暢，每一個咒語的音節都如同古典音樂的高潮樂章一般圓潤而流暢。

在一個接一個魔法被瑪格麗特用劍擋下來的時候，蘇珊娜沒有自亂陣腳。她很清楚，只要穩住，遲早能攻擊到瑪格麗特。

對物理類的戰士來說，擊毀魔法是需要高度集中注意力的事，物理類戰士的精神力自然不能和魔法師相比，維持那種程度的集中，過不了五分鐘就會極為疲憊，動作會變得遲緩，說不定還會急躁甚至腦殼作痛。

更何況瑪格麗特還為了挑釁而故意摘掉眼鏡，簡直就是找死。她們從小認識，難道她還不知道瑪格麗特如果取下眼鏡的話，和瞎子也沒什麼區別嗎？

蘇珊娜定了定神，嘴角不自覺的勾起一抹自信的微笑來。

另一邊的瑪格麗特，正在全心全意的感受著身邊的動靜。扔掉眼鏡後，她的視線模糊一片，於是她索性閉上了眼睛。無所謂，反正她自從握劍起，幾乎從來沒有依賴過眼睛。

儘管視力糟糕，瑪格麗特的聽覺和感知力則異常敏銳。由於平時就需要集中精神來防止摔倒或者被突然襲擊，她對外部的警惕性比其他勇者更高、精神力更強。觀眾席上的聲音太過吵鬧了，但如果把它們當作頻率協調的背景音的話，反而能將場內聽到的動靜襯托得更加清晰。

——魔法的電流劃破空氣的聲音，接下來，是左邊。

瑪格麗特揮動著劍，銳利的劍鋒湊巧橫劈過蘇珊娜丟來的魔法，讓它失去了繼續飛行的能量。

——然後，應該是前側方。

瑪格麗特條件反射的移動腳跟，這時，被她遺忘的那隻腳傳來鑽心的疼，剎那將她的注意力從聆聽攻擊轉移到了可怕的疼痛上。

下一秒蘇珊娜的魔法首次打中瑪格麗特的鎧甲，發出巨大的「砰」的一聲。

蘇珊娜立刻勾了勾唇。她知道瑪格麗特到了極限，單方面的壓制要開始了。

「哥哥？」扭頭想和馬丁說話時，看到對方的動作，菲莉亞不由得呆愣了一下。

馬丁臉上常年掛著的溫和笑容，不知何時消失得無影無蹤，取而代之的是一種古怪的焦慮，而且他不自覺的深深擰著眉頭，手掌緊握，大拇指擱在唇邊，好像習慣性的要咬指甲。

聽到菲莉亞的叫喚，他如夢初醒般的回過神來，愣了愣，才將手放下。

「啊，抱歉……我明明沒有這個習慣的。」馬丁彷彿自己也有些奇怪的說道，「好像不知不覺看得入神了。」

——難道說……哥哥也感到緊張了嗎？

菲莉亞不禁暗忖道，但又不敢確定。亂想也沒用，她不得不將注意力重新放回場中，而瑪格麗特採取的動作令她嚇得險些從座位上跳起來！

瑪格麗特放棄了所有的防禦和掩護，以最快的速度朝蘇珊娜衝過去！

勉強又擋了幾個魔法球後，瑪格麗特就知道自己不可能擋下所有的攻擊了，她的傷腳支撐不了那麼久。儘管意志還想繼續支撐，但另一方面她傷口的疼痛卻在抗拒著繼續運動。

這樣的話，她就只好拚盡全力，直接做最後一擊了斷！

蘇珊娜也被瑪格麗特突然不管不顧的舉動嚇一跳，吟唱到一半的咒語由於驚愕而中斷，幸好她立刻反應過來，連忙重新開始新一輪的吟唱。

——這種情況下，不是應該沒有餘力考慮別的而繼續應對我密密麻麻的進攻嗎？還有瑪格麗特這傢伙真的看得清我站在哪裡嗎？

蘇珊娜滿肚子狐疑，但嘴上唸咒的速度卻沒有因此而變得緩慢。眨眼，又是一個魔法朝瑪格麗特甩去。

而瑪格麗特竟然已經衝到了她的面前！

速度太驚人了！

蘇珊娜心臟一停，下意識想躲開，誰知瑪格麗特竟然跳了起來，銳利的劍當頭劈下——

蘇珊娜的瞳孔瞬間收縮！

有一秒鐘，她真的以為瑪格麗特會無視學院競賽的規定殺了她。在歷屆比賽裡，真的失手殺掉對手的情況也並不是沒有，畢竟在戰紅眼的情況下，有時候的確會分不清比賽和真正的你死我活的決鬥。更何況，她還在比賽前挑釁了瑪格麗特……

然而，瑪格麗特的劍鋒在離她的頭皮還有最後一絲空隙時硬生生停下，落地的只有幾根翹起的紅髮。

「冬波利學院，瑪格麗特．威廉森勝利！」裁判宣布道。

聽到這個聲音，瑪格麗特緗緊的肩膀終於垂下，她緩緩放下了劍。

蘇珊娜也回過神來，她眼神空洞的呆看了瑪格麗特幾秒，接著像是無法接受一般轉身就跑，連下一場比賽的對手都不想管了。

——太丟臉了，特地延遲一年畢業，她竟然還是輸給一心想要贏的對手！而且是摘掉眼鏡和瞎子一般無二的對手！

蘇珊娜揮開從觀眾席上下來想要安慰她的同學，逕自衝出賽場，那幾個學生只好一邊喊她的名字、一邊追著跑出了場地。

瑪格麗特鬆懈下來的時候，便發現自己渾身都是冰冷的汗，腳的痛感已經感覺不到了，彷彿她根本沒有那隻腳似的。

裁判告訴她下一場比賽的對手後，瑪格麗特仍然站在原地不動，並不是她不想動，而是她動不了了。裁判看了她幾眼，以為她還是沉浸在戰鬥的餘韻之中，便沒有多理會，自己抱著一堆記錄檔案離開。

「瑪格麗特！」

聽到菲莉亞的聲音，瑪格麗特勉強轉過頭，接著一愣。

觀眾席上的人正自顧自的四散，而那個人跟在菲莉亞的身後向她跑來……不知是不是錯覺，儘管視線一片模糊，但她仍然好像從對方那雙看起來幾乎是金色的淺棕色眼眸中，發現了關切和擔憂。

在模糊的視野裡，似乎只有這一雙眼睛分外清晰。

「妳還好嗎？」馬丁走到她面前，憂慮的問道：「還能走嗎？」

面對提問，不知怎的，一股奇怪的衝動貫穿了瑪格麗特的全身。

她沒有回答，而是以極快的速度拽住馬丁的領子，然後，憑直覺將嘴唇貼在了她想找的位置上！

菲莉亞：Σ(っ゜Д゜;)っ

第五章 學院競賽第一名是……

「……菲莉亞，用接……接吻來慶祝勝利，是王城這裡的習俗嗎？」

菲莉亞：「……我、我不知道，等回家我去問問爸爸吧……」

面對馬丁沒有惡意的困惑提問，菲莉亞異常心虛的躲閃著視線。

瑪格麗特和蘇珊娜的比賽，已經是三天前的事了。

在比賽後，瑪格麗特忽然強硬的親吻了菲莉亞的哥哥——還是在嘴唇上——當時馬丁整個人都懵得不輕。

菲莉亞這輩子都沒見過她哥哥的臉這麼紅。

然而瑪格麗特親完卻連個解釋都沒有，就自顧自的痛暈了，馬丁的位置正好接住她，但剛剛被嚇了一跳所以無措的根本不知道該把手放在哪裡才好。當然，最後還是抱回去了……只不過抱回去的時候哥哥手抖得厲害，菲莉亞看得有點慌，都想接過來自己抱了，瑪格麗特這麼輕，她抱起來還是很輕鬆的。

之後，剛把瑪格麗特送回她家，哥哥就慌不擇路的跑了。

轉眼到了現在，菲莉亞在沒有比賽時來找哥哥玩的日子。

決賽的時間安排比較充裕，菲莉亞每次比完都有將近一週的時間可以休息。瑪格麗特比賽完之後，她實在有些擔心哥哥和瑪格麗特兩個人，因此一有空閒就兩邊跑。

昨天去探望的時候，菲莉亞發現瑪格麗特的傷又嚴重了，腳幾乎已經完全無法塞進靴子裡，這種情況便是到了根本瞞不住的地步，瑪格麗特的父母都很心疼，希望她立刻退賽。但瑪格麗特這次不知怎的相當固執，平時她還算聽家人的話，這次卻堅決不退賽。於是目前的狀況是家人為她找了王城裡最為出色的醫生，如果在下一次比賽前能恢復到理想狀態不會落下殘疾的話，就允許她繼續參賽。

至少瑪格麗特不用做自己拿繃帶隨便纏一下這麼可怕的事了，菲莉亞多少鬆了口氣。不過，在聽到菲莉亞的回答後，馬丁的神情卻更加糾結複雜。

「她……可能是不小心親錯了吧？或者只是暈過去之前不小心撞上之類的。」想了想，馬丁這麼說道。

實際上也有可能，畢竟瑪格麗特視力不好，說不定是贏了太激動想親個臉結果不小心親到嘴上，而且她剛湊過來就暈了，很難說是不是其實在親之前就昏倒……

菲莉亞被夾在哥哥和瑪格麗特之間，作為知情人，且她沒什麼遇到這種事的經驗，完全不知道怎麼處理，只好用「也、也許吧」來敷衍。

她最近幾次去探望瑪格麗特的時候，瑪格麗特看起來都淡淡的，好像完全忘掉自己做了什麼事，於是菲莉亞不好提起，至少假裝自己也忘了。

——現在看來，哥哥似乎也準備自然的帶過，不讓大家尷尬的樣子……

——真不知道最後會發展成什麼樣……

菲莉亞不禁擔憂著。

她並不知道這幾天瑪格麗特經常會把臉埋在棉被裡發熱至少一個小時，為自己的一時衝動既懊惱，又偶爾會冒出隱隱的期盼。

將事情想像成意外之後，馬丁倒是稍微輕鬆了一些，但莫名的，同時胸口又有種陌生的失落感。他並不是那種善於和異性交往的人，除了妹妹和母親以外，幾乎不怎麼接觸女性，更不要說有女性朋友。所以，在瑪格麗特之前，他從未和任何人有過接吻這麼親密的舉動。

儘管應該是意外，但回想起那一瞬間，馬丁仍然無法控制的察覺到自己的心臟跳得厲害。

——好奇怪啊。

他不自覺的摸了摸胸口，說起來，偶爾腦海中浮現出瑪格麗特的面容時，這裡亦會隱隱作痛，像是無數植物的尖刺扎著他一樣。在以前，他從來沒有過這樣的症狀。

難道說……

難道……難道他……

感冒了？

▶◇◀◎▶◇◀

學院競賽仍在繼續。

由於尤萊亞的棄權，菲莉亞平白多了一場勝利；接著，她又戰勝了蘇珊娜；同宿舍的舍友凱麗在聽說對手是她，也乾脆的棄權。於是菲莉亞只剩下最後一場比賽，不用說，是三王子理查。

另外，瑪格麗特的腳踝在醫生的照看和昂貴的藥品共同作用下，總算稍微消腫，但並未痊癒，只是勉強到能讓她的父母同意她艱難參賽而已。瑪格麗特拖著傷腳戰勝了尤萊亞和凱麗，卻和歐文一樣輸在三王子理查手上。

於是，仍然保持著零敗績的就只剩下菲莉亞和理查。

同時，菲莉亞不小心成為了整個學院競賽中對手棄權率最高的選手，被說成是「光聽到名字就讓人鬥志全無的可怕對手」。當然，菲莉亞自己並沒有聽說這些事，她只是以為自己的運氣似乎太好了些。

三月底，海波里恩正是春意盎然的時候。

冬季留下的冰雪終於全部消融，夏季毒辣的日頭還沒有爬上雲端，天空總是清碧如洗，路邊大大小小的野花沒有規律的開了出來，點綴著嫩綠色的草地，到處都充滿令人舒適、愉悅的氣氛。

只剩下最後一場比賽的時候，尼爾森教授竟然和考完畢業考試的卡斯爾一同來了王城，他過來的第一件事，就是看望菲莉亞。

「我在冬波利聽說了妳的成績。」看著自己這一屆最得意……不，從教書以來最得意的學生，尼爾森教授欣慰的說道：「很不錯，而且妳沒有失手傷到過人，真是太好了……我為妳驕傲，菲莉亞！」

菲莉亞被誇得兩頰通紅，她仍然不太習慣被直白的讚美。

「我之前答應過只要抽出時間就會來看妳的比賽，抱歉，一直到現在才有空。」尼爾森教授說，「冬波利那邊，卡斯爾那一屆的畢業考試已經結束，所以我就稍微請了幾天假，我準備帶完你們這一屆就休息一、兩年，反正等明年你們畢業，我最小的一屆學生就要去精靈之森，把他們交給其他老師也沒事……教書時間太長，我好久沒有真正活動活動筋骨了。」

說著，他動了動肌肉充盈的肩膀，好像他的筋骨真的有點僵硬一般。

「對了，菲莉亞，妳明年就是準畢業生了，想好畢業以後要做什麼了嗎？」忽然，尼爾森教授換了個話題，他個頭高大，俯視著菲莉亞的神情看起來頗為擔憂。

說到這個，菲莉亞就是一愣。

老實說，她還沒有考慮好。以前母親總要她加入皇家護衛隊，可自從媽媽自己成了護衛隊成員後，反而不提這件事了；卡斯爾學長也邀請過她加入自己的勇者團隊……

和自己許多目標明確的同學不一樣，菲莉亞對未來很迷茫。幸好，她還有唯一一件確定的事——

「我會和歐文加入同一個勇者團隊。」菲莉亞說，「我們從以前就約好了。」

這次換尼爾森教授愣了愣。

「歐文嗎？」他喃喃道。

尼爾森教授本質上是個對所有學生都抱有期待的教授，即使歐文是查德的學生，他也沒有放棄對方的意思。但是，當涉及自己最喜歡的菲莉亞時，尼爾森教授的感情不禁有些微妙起來。

他不太懂魔法的事，不明白為什麼查德會對歐文抱有特殊的期望，在他看來，歐文只是個在入學考試時有著曇花一現的驚豔，隨後就沉寂下來的成績普通、天賦普通的學生，外貌還有很大的缺憾。

如果非要和他在一起不可的話，菲莉亞的未來無疑將受到很大的局限。

當然，尼爾森教授當時也聽到了卡斯爾邀請他們兩個加入自己勇者團隊的事。卡斯爾倒是個前程無量的孩子，不過，尼爾森教授覺得他邀請歐文只是顧忌對方的顏面，沒有真的希望他加入的意思，邀請菲莉亞才應該是真的。

張了張嘴，尼爾森教授欲言又止。他看得出菲莉亞恐怕是對那個金髮男孩有幾分好感，他從小就和菲莉亞關係好，相比其他學生的傲氣而言，歐文很隨和謙遜，以菲莉亞內向的性格，應該會喜歡和這樣的人相處。但……

猶豫再三，尼爾森教授苦惱的抓了抓頭髮，最終還是沒有說話。

仔細想想，歐文有時候確實會給人的感覺和平時不一樣，說不定真的有他沒有看出來的潛力呢？畢竟他對魔法一點都不瞭解。

未來的事，有誰知道？

▶◇◀◎▶◇◀

終於，到了菲莉亞最後一場比賽的日子。

觀眾席上人滿為患，這不僅僅是菲莉亞的最後一場比賽，也是學院競賽到今天唯一還沒有敗績的兩個人的對決，也就是名副其實的學院競賽「最終決賽」。

今天的勝負，將定下誰才是這一屆中最優秀的學生！

往年到最後一場的時候，基本上前幾位的名次早有定論，大家都至少輸過幾場。去年的卡斯爾倒是一直沒輸過，但他早就是鐵板釘釘的第一名了，反而不怎麼刺激。像今年這樣兩邊都沒有輸過，而且湊巧還在最後才碰到的情況實屬罕見，因此分外受人關注。

不過，備受關注的三王子理查·懷特其實一點都不緊張。

菲莉亞打敗的對手，他同樣也輕鬆打敗過，並不引以為意。作為王子，他自然享有普通百姓乃至中下級貴族都無法想像的資源，且不提帝國勇者學校那些重金聘請來的退役勇者和高級將士，他還擁有自己專屬的家庭教師。

連去年那位卡斯爾學長的父親——上一位傳奇勇者——有時候都會稍微指點他一番。況且理查覺得自己也頗有天賦，除了繼承傳奇勇者血統又從小被傳奇勇者悉心教導的卡斯爾以外，恐怕王城之內將來再無敵手，連目前強過他的幾位哥哥都不能相提並論。

這一次他在比賽中取得的名次更是絕佳驗證。

當然，他也稍微調查過菲莉亞。

這女孩出生於王國最貧瘠之地，在沒有名師教導的情況下竟能考進冬波利，還擊敗這麼多的對手，肯定不簡單，說不定是將來的國家棟梁。

不過這對他來說，也沒什麼好害怕的吧？

站在場地另一邊的菲莉亞則咬了咬唇，使勁想把注意力集中到劍上，但不知不覺總是有些精神不定。想到她的父母、哥哥、室友，還有歐文和卡斯爾學長全都在觀眾席上，而她對面的對手曾經擊敗過歐文和瑪格麗特，她就不由得十分緊張。

比賽前一天，菲莉亞睡覺前去敲過歐文房間的門。

不知怎的，緊張的時候看到歐文微笑的臉，她就會覺得平靜，從而安心下來。

她問了歐文關於三王子水準的事，歐文還鼓勵她說以她的水準肯定能夠贏過理查的。儘管知道是安慰，但被鼓勵後，菲莉亞覺得信心增加了許多。

之前知道歐文抽中王子的時候，她擔心得晚上都睡不著，而現在輪到自己了，菲莉亞反而不害怕被報復。

如果可以的話，她想要替歐文和瑪格麗特報仇。

菲莉亞不自覺的握緊了手中重劍的劍柄，眼神亦越發堅定起來。

此時，歐文和卡斯爾並排坐在一起，一個揣著魔杖，一個握著腰間佩劍。

比賽快要開始了，他們都不自覺的將注意力放在場中，落在做準備的菲莉亞身上。

「……那個王子應該只能在菲莉亞這裡撐三分鐘。」歐文篤定的說。

可能因為卡斯爾是傳說中的勇者，也就是他「命中注定的對手」的關係，自從某種程度上消除了對卡斯爾的敵意和偏見後，歐文反而更願意和他談論一些平時不會說的話題。

老實說，在歐文看來，他的室友──比如奧利弗和迪恩之類的──都是一群單純過頭、腦袋不會轉彎的傢伙，有時候他們說的那些話題，歐文是不屑、也沒有興趣加入的，聊天只不過是維持和室友關係的例行公事而已。

但是卡斯爾不同。卡斯爾看似爽快卻並不衝動，他的想法和見識都比尋常人開闊許多，甚至對於和自家有著仇恨的魔族都抱有一份寬容的見解，並不像其他人一樣會輕易使用「殺光」、「弄死他們」之類的詞彙來開玩笑，這讓歐文和他相處時竟然還比旁人舒服些。

其實卡斯爾也有類似的感覺，歐文意外的能夠和他溝通。

儘管兩人有時候觀點會出現矛盾，但似乎可以互相理解。於是兩人之間形成了一種微妙的、能夠互相聊深入的話題，卻並不能完全算是親密朋友的特殊關係。

比如說在其他人面前，歐文不會那麼輕易的說出他對於這場戰局的論斷。

聽到歐文的判斷後，卡斯爾笑了幾聲，「哈哈哈！理查他的劍術其實很不錯，學的都是非常經典的招式，實踐起來也難得的不古板。別看他看起來不是很強壯的類型，其實身體線條很好，不過……」

卡斯爾頓了頓，「我同意你的看法，他只能撐三分鐘左右。」

比賽開始還不到半分鐘，理查先前的自信就不再那麼穩固了。

重劍士的攻擊對劍士來說是很不利的，由於劍的重量不同，抵禦重劍士時，劍士的劍一不留神就會崩斷。所以，大部分的劍士都會採取以速度和敏捷的策略戰勝笨重的強力量型戰士，理查亦不例外。

為了對付菲莉亞，他從信號出現的一剎那，就以最快的速度進攻。

但很快他就發現，菲莉亞根本不像普通的強力量型戰士那樣行動遲緩，她的體格小巧輕盈，揮起劍來輕鬆流暢，若不是武器觸碰時的那種壓迫感簡直要讓他窒息的話，理查還以為她那把劍是用棉花做的！

沒想到她的力氣這麼大，年少的王子殿下皺了皺眉頭。

一分鐘的時候，理查心中驚駭起來，不敢繼續輕敵。他從來沒見過能將自身缺點弱化到這種程度的重劍士。說起來，之前調查菲莉亞的時候，他聽說過一些厲害的傳聞……

菲莉亞在轉成重劍士以前，是個鐵餅投手。

聽著大家將鐵餅的鍛鍊效果吹噓得神乎其神，簡直連魔法師都應該去擲一下的時候，理查是嗤之以鼻的。

對於貴族中的貴族——即王族來說，只有劍才是最榮耀高貴的，其他的武器都只是不夠上流之人的歪門邪道而已。在物理類戰士裡，劍士的地位相對來說也高一些，有名望的家庭多半是會讓孩子練劍的。

……鐵餅，那是什麼東西？

然而現在，理查卻切身體會到了速度、力量、爆發力和精準度無一缺憾的可怕……難道這就是鐵餅投手的實力嗎？

理查暗驚，難怪瑪格麗特會當場認輸、尤萊亞乾脆棄權，明明這兩個人在他看來實力都有可圈可點之處。

兩分鐘過去，理查漸漸站不住腳，每一次頂住菲莉亞的劍時，他都有種下一秒劍身就會碎裂、他會被狠狠砍中的感覺。要不是他的劍是用上等的堅固金屬又找了名匠熔煉而成，恐怕真的早就碎了。

他開始覺得恐怖，如果不是王子的自尊心還在支撐著他，知道若認輸的話他會被嘲笑許久，說不定他也會選擇主動棄權的。

學院競賽經過百年的發展，保護措施十分完善，但也並不能完全阻絕意外的發生，理查此刻就感到自己每一秒鐘都徘徊在意外的邊緣。

他已經沒有餘力看對手，只能盡全力阻擋進攻。

觀眾席上的觀眾未嘗看不出來王子殿下正被壓著打，因此議論也多了起來。

「天吶，不愧是菲莉亞……」

「其實今天我要考試，我是冒著明年補考的風險過來的，現在看來……難道我還來得及趕回去？」

「好巧，我也是。不過我早就知道我能按時趕回去的哈哈哈哈！」

「她不怕被打擊報復嗎？說起來，理查王子先前一次都沒輸過。」

「這麼看的話，王子殿下的水準也不怎麼樣嘛。說不定之前都是其他選手讓他。」

終於三分鐘的時候，理查感到一股血腥味從口中瀰漫開來，他緊咬的後槽牙開始冒血，再也禁不住對方驚人的力量，他雙手一鬆，劍掉在地上。感覺到對方那把可怕的巨刃由於慣性向自己掃來，理查下意識的閉上眼睛——

並沒有想像中的痛感或死亡降臨。

他小心翼翼睜開眼睛，發現菲莉亞的重劍穩穩的停在距離他的頭皮幾公釐遠的位置，而對面的女孩吐了幾口氣，這才將武器緩緩放下。

「冬波利學院，菲莉亞．羅格朗勝利！」

裁判宣判以後，觀眾席上寂靜了一秒，旋即爆發出掌聲。

繼去年的卡斯爾之後，學院競賽裡又誕生一個沒有敗績的冠軍。

毫無疑問，這場比賽將在菲莉亞的畢業鑑定中記下相當漂亮的一筆，等她正式畢業的時候肯定會有許多勇者團隊想要邀請她加入，說不定連進入皇室護衛隊都會比別人輕鬆。

菲莉亞其實還有點懵。

——贏、贏了？

她茫然的往觀眾席上看去，然後一看就看到尼爾森教授那在人群中無比顯眼的塊頭。他從座位上站了起來，高興的朝她揮手，還稍微擦了擦眼角。

接著，她找到了歐文那一頭顯眼的金髮。明明隔得很遠，歐文的五官都模糊到看不清楚了，但菲莉亞卻感覺到對方正對上自己的視線，朝自己笑了笑。

世界似乎安靜了下來，其他人都消失在了空氣之中。

在菲莉亞忽然感覺世界安靜的時候，瑪格麗特正猶豫的、慢慢的轉過頭。

菲莉亞取得勝利後，瑪格麗特終於鬆了口氣。不過，其實她本來整場比賽就心神不寧。比賽開始前，她在觀眾席上看到了馬丁。儘管心臟簡直要跳出胸腔外，瑪格麗特還是裝作若無其事、假裝完全沒有注意到似的默默坐在了馬丁的正前面。

但是對方並沒有主動向她打招呼，這令瑪格麗特多少有幾分失落。

見到瑪格麗特轉頭，猝不及防的迎上她那雙湖泊般的藍眼睛，馬丁亦不禁愣了愣，先前那種不知所措的情感又不可抑制的湧現出來。

這是自上次那件事之後他們頭一次碰面。

毫無疑問，他一直注意著瑪格麗特，畢竟那頭獨特美麗的酒紅色長髮就垂在他前方，有時候風還會將幾縷髮絲輕輕帶到他的臉上，甚至連他應該看著菲莉亞的時候，都會莫名其妙的把視線落在她身上，然後不由得發現瑪格麗特的肩膀看起來很單薄，幾乎不像一個勇者。

此時，四目相對，馬丁心臟的頻率忽然亂了一下，他的喉嚨亦有種隱隱的怪異感，有點難以說出話。

本以為感冒的症狀已經好了的馬丁稍微困惑了一瞬。不過，瑪格麗特還看著他，所以他並沒有失神太久，很快擠出一個溫和的微笑。

「妳的腳傷好了嗎？」馬丁禮貌的問道。

「……嗯。」瑪格麗特輕輕點了點頭。對於馬丁的問題，她失望的移開視線。

瑪格麗特的比賽早就比完了，她不折騰自己之後，腳傷在治療下很快有了痊癒的跡象，最多應該再休養一個月，就能恢復到原本的水準。

瑪格麗特失落了幾秒鐘，接著反而鬆了口氣。

上一次……

上一次是她太著急了……因為戰鬥引起的興奮，似乎不小心衝垮了她的理智，讓她過早的做出出格的事。

馬丁恐怕不喜歡她，這一點瑪格麗特早就知道。

本來馬丁對她恐怕就沒有太多的印象，只不過是多年前的入學考試見過一面而已，而且對當時已經有些少年姿態的馬丁來說，她只是個任性又軟弱的小女孩……一直對此事念念不忘的她才是比較奇怪的一方。

說不定，直到現在，她在對方眼中的形象並沒有轉變也不一定。

不過，沒有關係，既然對方沒有因此和她劃清界限的話，接下來她還有很長的時間能從頭再來。

瑪格麗特握緊拳頭，良久，她說道：「我答應了卡斯爾，下個學期跟隨他的團隊進行實習。菲莉亞……菲莉亞和歐文應該很快也會收到邀請。這一次我們會離開王國之心很長一段時間，或許將近一年，所以……所以……所以……」

——所以到時候，我會以更成熟的姿態回到你面前。

比賽全部結束後，就是公開最終結果的典禮。

作為三所學校的第一名，菲莉亞在所有人面前被授予了一枚金色的獎章，雖然不用她說什麼話，只要站著被校長頒獎就好了，但菲莉亞仍然臉漲得通紅，不由自主的靠尋找歐文來保持安全感。

「女孩，妳是王國的希望，我們所有人都為妳驕傲。」冬波利學院的校長欣慰的拍了拍菲莉亞的肩膀，嘴上的長鬍子略微翹了翹。

儘管面頰上的表情仍然很嚴肅，但任誰都看得出來，這個老頭子正在為自己學校的孩子連續兩年以全勝的成績獲得第一而驕傲。

菲莉亞不得不將放在歐文身上的視線收回來，繼續不安的站著。她似乎還聽見底下有人在大聲喊自己和瑪格麗特的名字，好像是南茜？

隨後，理查王子和瑪格麗特也被授予了銀色和暗金色的獎章，他們分別是第二名和第三名。瑪格麗特臉上沒什麼表情，理查王子卻暗暗激動。

——天吶，瑪格麗特站在離我這麼近的地方！

——難道說，她也正因為站在我身邊而心跳加速嗎？

尤其當理查王子注意到瑪格麗特胸口配上獎章並微微一側頭後，他更加堅定了自己的想法——她一定是在偷偷看自己！

於是他不禁挺直了脊柱和雙腿，臉上掛著有風度的淺淺微笑，準備等瑪格麗特再看向自己時能顯得更英俊一點。然而，他身邊的兩個女孩都沒有什麼反應，反而是主席臺下的討論更熱烈了幾分。

由於今年是帝國勇者學校承辦的比賽，於是帝勇的校長清了清嗓子，站起來，憑藉著魔法的力量讓自己的聲音擴散到每一個角落——

「今年，感謝你們，又一次讓我看到了海波里恩年輕勇者的勇氣與活力！你們是這個世界上最優秀的孩子，我很高興看到你們的自信、勇敢、自制力和對團隊的重視！下面，我宣布本次學院競賽，最終學校積分的排名——」

「第一名，冬波利學院。」

「第二名，帝國勇者學校。」

「第三名，王城勇者學校。」

總算到這個時刻了，由於學生們都混雜在一起，於是在校長公布完畢後，每個角落都有歡呼聲傳來，菲莉亞還隱隱看到幾個代表冬波利學院的淺藍色徽章被拋到了天上，不久，帝國勇者學校的學生也不甘示弱的將徽章拋了起來。

帝國勇者學校的校長微微一笑，雖然在自己主辦學院競賽時沒拿到第一有點丟臉，不過看到孩子們充滿朝氣並以此當作新起點起航的樣子，他還是挺高興的，更何況情況也不太糟糕，畢竟他們是今年的第二和去年的第一。

王城勇者學校的校長和學生們的臉色就不太好看了，連續兩年墊底，明年說什麼都不能繼續墊下去，否則說不定就會被海波里恩其他的優秀勇者學校取代了。

典禮結束，菲莉亞總算能從那個讓人一覽無餘的主席臺上走下來，她鬆了口氣。

「歐文！」

看到在出口等著她的歐文，菲莉亞眼前一亮，連忙小跑過去。

但跑了幾步，菲莉亞又有些失神。

學院競賽已經結束了，也就是說，歐文恐怕要從她家搬出去了。然後，他們明年就要去實習，實習期結束後，大家都要各奔東西……

六年級是在冬波利的最後一年，等這個暑假過完，他們就都是真正的準畢業生了。

儘管和歐文約定了以後要進入同一個勇者團隊，但……等真正畢業之後，他們到底會怎麼樣呢？

重新將視線放回歐文身上，菲莉亞不禁握了握拳頭。

老實說，因為總是在一起的關係，歐文身上的變化對她來說並不是那麼明顯，但仔細一看，歐文早就和他們最初相識的時候完全不同了。他臉頰的輪廓變得成熟，小孩子的稚嫩感早已被時光消磨；他的身高不知什麼時候超過了學校裡的大多數男生，僅剩下幾個類似傑瑞的大塊頭能和歐文比一比；有時候，菲莉亞甚至會覺得他的金髮顏色都比過去深了一些。

不過，歐文也還是有沒變的地方，比如臉上總是掛著好脾氣的微笑，不管對誰都從容友善，這是菲莉亞最喜歡他的地方。

發現歐文其實還是歐文，菲莉亞稍微鬆了口氣。

「怎麼了？」等菲莉亞走到身前，歐文困惑的問，「妳剛剛好像在路中間停了一下。」

「沒、沒什麼事。」菲莉亞連忙回答。

「是嗎？」歐文一愣，不過並沒有深究，畢竟他相信菲莉亞應該不會有什麼事瞞著他。

▶◇◀◎▶◇◀

「我正式畢業了，並且關於建立新勇者團隊的申請已經遞交通過。你們願意在我的團隊裡完成六年級實習嗎？」

幾天後，坐在菲莉亞家的客廳裡，卡斯爾笑著說道。

此時，五年級的暑假已經正式開始。這算是大家畢業之前的最後一個暑假，接下來是作為學生的最後一年，所有人都在為自己的將來而奔波——準備在家鄉實習的學生早早的踏上了回家的旅途，想要留在王國之心的人則四處尋找需要實習生的「機會」。

而對於菲莉亞來說，她的將來還蒙著一層薄霧，尚且看不清在何處。

面對卡斯爾的邀請，菲莉亞忍不住去看歐文。

見她仍然在猶豫的樣子，卡斯爾笑了笑，繼續說服道：「還記得我希望你們畢業以後能成為我的同伴嗎？我沒有逼你們快點決定的意思，不過，如果可以的話，我覺得到我的團隊來實習，會是我們之間增進瞭解的機會。怎麼樣，來嗎？」

卡斯爾的眼眸是罕見的金色，當他專注的注視著某個人的時候，會讓人不自覺的感到自己很重要。

老實說，菲莉亞有些心動。

儘管她自己也是個學院競賽無敗績的第一名，可卡斯爾學長是不一樣的。他年少成名，從很小的年紀就被整個海波里恩寄予厚望，而他自己表現出來的成績也沒有讓人失望過。

良好的家境、卓越的天賦、與年紀不符的名氣，還有從小到大受到的同學的崇拜，這些普通人得不到的東西足以將一個意志不夠堅韌的人衝垮，但卡斯爾卻沒有。他非但沒有被過於肥沃的土壤澆灌成傲慢、自我的人，反而越發的謙遜、禮貌。

菲莉亞相當尊敬卡斯爾，以前僅僅是敬佩他在天賦上的優秀，但隨著年齡的增長，她漸漸從另外的層面上開始極為憧憬他那種堅定的人格。

尤其是最近，菲莉亞由於贏得了學院競賽，似乎一下子在整個王城中有名了起來。不僅僅是三校的學生，其他在王城的勇者學校學生和王城本地的居民都彷彿是一瞬間記住了她的名字。菲莉亞不管走到哪裡都會被人由衷的稱讚，在這種狀態之下，即使是她，有幾秒鐘都忍不住飄飄然起來，然後把自己嚇了一跳。

如果不是知道卡斯爾學長還遠在她之上的話，她說不定真的會傲慢起來。

去卡斯爾學長的團隊實習，肯定會是難得的經驗，但菲莉亞不能不考慮歐文的心情，於是她看向了歐文。

歐文想了想，聳聳肩道：「我沒有意見。」

事到如今，那個預言裡的勇者除了卡斯爾以外，已經沒有別的可能性。德尼祭司出事之後，歐文對自己於預言所造成的影響力一無所知，只能憑直覺盡可能的去做，反正按照一開始說的，盡可能介入卡斯爾的命運總沒錯吧？

他頓了頓，「菲莉亞，妳怎麼想？」

「我也沒意見！」菲莉亞連忙道。

卡斯爾終於高興的露出了虎牙，「謝謝。這樣的話再好不過了。」

因為決定要加入卡斯爾的勇者團隊實習，菲莉亞幾乎整個暑假都在為此做準備。

卡斯爾通過了職業勇者的認證，勇者團隊也是正規的勇者團隊。不過由於剛剛組建，成員很少，真正的成員只有卡斯爾一個而已，另外就是實習的菲莉亞和歐文，還有瑪格麗特。

菲莉亞發現瑪格麗特也是實習的團隊成員時高興了一下，瑪格麗特倒是不怎麼意外。

雖然是一群實習生組成的團隊，但卡斯爾一點都不在意的樣子，只是笑著說：「剛剛組建的勇者團隊都是這樣的，為了讓人看起來多一點而隨意增加成員的話，反而不容易得到委託人的信任。」

轉眼就到了出發的日子。

臨到即將離開王國之心，菲莉亞才注意到瑪格麗特是一個人來的，她奇怪的問道：「溫妮呢？今年她不跟妳一起嗎？」

「嗯。」瑪格麗特點了點頭，「我讓她自己去找實習……她又不可能一輩子跟著我。」

其實自從瑪格麗特戴上眼鏡後，就不再需要有人隨時隨地的照料了。

不過，瑪格麗特身邊忽然沒有了跟班，連菲莉亞都覺得隱隱有些不習慣，好像少了什麼似的。

見人到齊，卡斯爾從背包裡拿出一張卷軸，笑著說道：「那麼，我們走吧。接下來，我們去西方高原。」

第六章 關於魔法師這種弱體生物

西方高原是海波里恩最西面的領土，地勢奇高，土地廣大平坦卻人口寥落，只有幾個主城市還算繁華。其中，名為馬吉克的人類魔法聖地是西方高原的中心城，相當於王城在王國之心的地位。

這裡有海波里恩全國最高點的山峰米斯特里峰，還有很深的魔法淵源——據說，魔法創始人傑克．格林，就是在米斯特里峰定居時，才終於領悟到魔法的真諦，並在他的矮人夥伴幫助下，最終創造出了魔法。

這個傳說具有很高的可信度，證據就是米斯特里峰頂上的遠古遺跡——魔法師之塔。

這座高達兩百公尺共五十層的巨塔建於萬年以前，或者說，實際上根本無人能推測出它到底已經存在了多少年，彷彿是真正的「神」的遺物。按照傳說，米斯特里峰的頂端本應是無法居住的極其崎嶇的山巔，但被傑克．格林和他的矮人夥伴人為的強行削成一片高原，並且建造了這座在當時的技術看來難以想像的高塔。

它本來是傑克．格林的觀星臺，是大陸上最貼近星空的地方。那位魔法的創造者就在這裡觀星、研究、學習，與他相伴的只有那位忠誠的矮人夥伴，並且在此定居無數年後，格林才真正參悟出了魔法。

同時，這裡也是傑克．格林的終點。他一生旅行過許多地方，從南邊到北邊，進入魔法師之塔後也曾離開過，而他最後一次行跡的記錄就是在米斯特里峰。之後，傑克．格林就毫無徵兆的消失了。

儘管當時傑克．格林年事已高，但優秀勇者的壽命通常都比普通人長得多，無論物理類勇者還是魔法師。傑克．格林又是魔法創始人那麼厲害的身分，他既然感悟到魔法的真諦，魔法水準必然不低，按理來說壽命也應該很長才對。然而，他就這麼消失了。不僅是他，那位與他形影不離的矮人亦就此消失，了無音訊。

從很久以前，比較流行的一種猜測就是，傑克．格林和他的矮人夥伴都被當時已經消失的半神族「接走了」，去了只有神才能到達的地方。

總之，馬吉克至今仍然是人類魔法師嚮往的聖地，整個西方高原由於高平的地勢，都是魔法師觀星和研究魔法的極好地點，整個海波里恩半數以上的魔法師都常年定居在此，西方高原簡直可以被稱作是魔法師的「國中之國」。

另外，魔法師之塔歷經萬年滄桑後卻奇蹟般的仍然可以使用，現在則被改建為圖書館和天文臺。最頂上的五層用於觀星，旺季時上面會非常擁擠；以下的四十五層全部是珍貴的藏書，其中最為貴重的是大量的古籍。簡而言之，這裡是當之無愧的海波里恩第一圖書館。

「——但最近，這裡有一個魔法師組成的龐大的強盜團，也就是我們想拿到懸賞的話，就需要清理掉那批強盜。根據目前已知的消息，他們的據點應該就在馬吉克附近。」

大致介紹完西方高原的歷史和文化後，卡斯爾道出此次任務的目標。

他們目前還是沒什麼名氣的小團隊，即使有卡斯爾這樣年少成名的隊長，還有菲莉亞和瑪格麗特這樣在學院競賽中表現出色的準畢業生，仍無法改變他們是個新成立、沒有經驗的勇者團隊這個現實。眼下他們想要接到委託還太早，因為沒有人會主動求助於他們，哪怕接到委託也只是一些幫忙尋找寵物之類的小任務，這樣是無法真正的提升自己。

現在提升團隊知名度最好的辦法，就是完成無限制「懸賞任務」，這些任務在全國各地的傭兵中心都可以查看，各種勇者團隊都能參加，最終完成任務的人帶著憑證去傭兵中心領取報酬即可。

不過，由於是勇者的任務，「憑證」可能會是各種東西。

那天去傭兵中心的時候，菲莉亞正好碰見一個瞎了一隻眼睛的大漢提著一顆人頭進去，把她嚇得不輕。

卡斯爾定下來的懸賞任務就是針對最近在西方高原橫行的強盜團。那份懸賞任務的要求比較細緻，摧毀基地的話可以拿到一份賞金，捉到對方首領的話是另一份賞金，而抓到強盜團幹部或者其他成員都有報酬，只不過抓到的人價值不同，得到的酬勞會不一樣，甚至連取得重要的物品都能獲得一些犒勞。

「我們沒必要直接針對強盜團基地或者首領。」卡斯爾道，「這些事交給更有經驗、合作更緊密的大型勇者團隊就好。」

他臉上難得沒有笑意，看起來相當認真嚴肅，金色的眼眸裡一片沉靜。

菲莉亞明白卡斯爾說這話的意思。

除了畢業的卡斯爾，他們其他三個人都是尚未畢業的學生，卡斯爾肯定是認為自己有盡力保證學弟學妹不出現傷亡的責任，才讓他們不要把目標放得過大，而是循序漸進。一開始選擇這種無論做到什麼程度都有報酬的工作，恐怕也是出於這方面的考慮。

稍微頓了頓，卡斯爾繼續說道：「可惜我們資訊太少，對於強盜團的地點和活動方式一無所知……唔，今天太晚了，我們先在山下城裡休息吧，明天再上米斯特里峰，看看能不能從魔法師之塔找到什麼有用的消息。」

即使是強盜魔法師也不可能脫離魔法師之塔，這是正常的思路。

聽到卡斯爾的安排，大家都表示沒有異議。

馬吉克分山下城和山上城兩個部分，山上城自然是以魔法師之塔為中心建立的生活區，學術氣氛濃厚；山下城則和普通的城鎮沒什麼區別，居住區、商業區、工業區一應俱全，面積也比山上城大得多。

不知是不是因為歷史悠久的關係，馬吉克的街道都有種古樸悠久的韻味，菲莉亞走在街上四處打量，感覺很新奇。

「那個應該就是魔法師之塔吧？」忽然，歐文問道。

從山下城是能看到山上城的。在城市邊緣的位置，有一座高得特別突兀的山峰，灰白色的山頂被雲霧環繞，山底則慢慢模糊在地平線之前，遠遠看去簡直像是有座山頭懸浮在空中一樣，那就是米斯特里峰。

另外，菲莉亞隱隱能夠看見，米斯特里峰的峰頂是極其平坦的，而上面還有個隱約可見的尖角，歐文指的就是那個尖角。

「應該是吧。」卡斯爾手指抵著下巴，挺有興趣的答道，「不過我也沒有來過這裡，所以不太清楚。」

歐文「唔」了一聲，但實在難掩興奮之情。

畢竟是魔法發源地，還是歷史悠久的魔法國中之國，即使是歐文，對馬吉克和魔法師之塔也早有耳聞，那裡說不定有著在艾斯國家圖書館都未必會有的珍貴魔法遺跡，光是想像，就讓他作為一個魔法師的心滾滾發燙。

這時，幾個高大的魔法師與他們一行人擦肩而過。

菲莉亞還以為自己看錯了，吃驚的眨了好幾眼。剛才那些人，怎麼好像是……

「那些是魔族？」不太吭聲的瑪格麗特突然開口道。她皺起眉頭，顯然和菲莉亞注意到了一樣的事。

歐文心臟一跳。

卡斯爾笑了笑，「嗯。馬吉克好像在魔族中也是相當有名的地方，以前還是中立地帶的時候，這裡魔族和人類的數量差不多是持平的。後來西方高原被海波里恩納入領土之中，魔族的數量才減少……唔，不過好像數量還是比其他地方多的樣子……其實可能是混血兒也不一定，這裡的混血兒數量應該不會少於風刃地區北部的。」

聽卡斯爾提起風刃地區，菲莉亞下意識看向歐文，好奇問道：「歐文，是這樣的嗎？」

歐文：……雖然很想回答妳的所有問題，但這個我真的不知道啊！

「……嗯，我不太清楚西方高原到底有多少混血兒，所以並不是很清楚。」歐文試圖用笑容掩飾過去。

菲莉亞頓時覺得自己又問了個蠢問題，連忙尷尬的道歉。

山下城的旅店不少，由於是魔法聖地，平時觀光客也很多。所以菲莉亞一行人沒多久就找到了合心意的旅館。暫宿一宿後，他們一早便起床，準備登上米斯特里峰。

此時已經是十月中旬了，當初菲莉亞他們出行準備結束後，又足足花了一個多月才終於來到馬吉克。從王國之心到西方高原的路途陡峭，馬車無法前進，有好幾段路只能靠徒步前進，而且走起來還相當困難。

幸好菲莉亞他們的團隊裡大多是物理類勇者，卡斯爾是雙學位勇者，還修過強力量系，體魄相當不錯，而最令人擔憂的歐文卻意外的也有著在魔法師中少見的優秀體能，因此光是爬上高原還不至於遇到太大的麻煩。

不過，米斯特里峰就沒有這麼容易了。

據說是為了維護這座魔法之峰的神聖性，從山底到山頂沒有纜車，也沒有傳送用的魔法陣，同樣要靠人力一步步的爬上去；而且這座山峰陡峭險峻，海拔奇高，一天之內根本無法爬完，因此中途還設有好幾個休息站。

站在山底下，菲莉亞仰頭望著根本看不見頂的山巔，感覺脖子都快斷了。

嘆了口氣，菲莉亞一撩袖子，說道：「爬吧！」

「哈哈哈！今天我們爭取到達第二個休息站吧。」卡斯爾忍不住笑，「如果順利的話，兩、三天後就能到了。」

四人裡體力最差的歐文心想：難怪魔法師進了塔就再也不出來了，他們只是因為不想再爬山吧！(╯`□´)╯┴─┴

▶◇◀◎▶◇◀

「這是你們幾個的臨時通行證，書只能在塔裡看，絕對不能帶出去！頂樓的觀星設備都很舊，用的時候小心一點！有不少是古董！說不定還是傑克·格林碰過的東西，你們絕對不能弄壞！明白了嗎？」

「哈哈哈！知道了，放心吧。謝謝。」

卡斯爾笑著從魔法師之塔的管理員那裡拿過四張臨時通行證，然後依次分給菲莉亞、瑪格麗特和歐文。

不知是不是因為卡斯爾總是笑笑的，看起來不太嚴肅認真的樣子，那個管理員還是不放心的使勁瞪著他，連帶著對卡斯爾身邊的菲莉亞他們都一副極其不放心的樣子。

管理員的視線讓菲莉亞覺得毛毛的，她簡直要忍不住縮脖子了。

他們登上米斯特里峰花了兩天半的時間，之後便直接來了魔法師之塔。

這座塔的確歷史悠久，外面的石面都已斑駁，還攀滿了地錦的藤蔓和青苔，只有雕有花紋的琉璃窗面仍然透亮如新。

魔法師之塔向所有人免費開放，只要抵押身分證件就能獲取臨時通行證在塔裡看書或觀星，而只有馬吉克的本地居民能獲得永久通行證。

這裡的書本不能外借，大家都只能在塔裡翻閱。塔中設有大量座椅，卻仍然供不應求，時常能看見有魔法師坐在地上或者靠在牆邊看書。另外，在一樓靠近入口的地方還有自由討論區，菲莉亞進來時看見有幾個人類魔法師和魔族坐在一起探討學術問題，還相當稀奇的回頭多看了兩眼。

卡斯爾抬頭掃了掃整座塔，由於塔內部是中空的，從底樓就能一眼望穿樓頂，他輕易就看見了黑色塔頂上繪製的大量螢光星座圖。沉吟片刻，他說道：「我們分頭行動吧，大家到處看看有沒有可疑的人或者有用的資訊，等傍晚再到一樓集合，可以嗎？」

「嗯，可以。」菲莉亞點頭表示同意，她又看向其他人。

瑪格麗特略一頷首，歐文也微笑著表示沒有意見。

這樣就算定了，大家各自分散開來。

其實他們現在本來就算隨處碰運氣，沒什麼目的，因此四個人索性各自去了自己比較感興趣的領域。瑪格麗特直接去了劍術指導區，卡斯爾則去找歷史和古籍，菲莉亞漫無目的一層一層轉著，至於歐文……

實際上，卡斯爾的提議正合他的心意。

歐文有些相當在意的事，並不想和其他人一起行動。他隨便從樓層裡找了幾本看上去很高深的魔法理論書，抱著它們，然後走進自由討論區。

「你好，我可以加入你們嗎？」歐文露出他一貫擅長的公式化的笑容，一副友好謙遜的樣子。

對方先是因為被貿然打斷而愣了愣，繼而道：「當然可以，我們這裡還有座位，不介意的話，請坐吧。」

「謝謝。」歐文又是一笑，從容的坐下。

他並不是隨便找個位置。剛才歐文看了一圈，發現這裡的魔法師雖然有混雜，但同樣也有抱團的現象存在。比如這一組，組裡面大多都是風刃地區的魔法師，金髮灰眸的特徵極為顯眼，想來他加入會比較容易；另外，這一組的座位離他關心的那群人也相當近。

「你還是學生嗎？」其中一個魔法師打量了一下歐文，善意的問道。

儘管是風刃地區典型的相貌，但這個魔法師有個引人注目的高鼻子，安在臉上像是平原上隆起的小山坡，靠近說話時彷彿隨時會撞到別人臉上似的。

「嗯，沒錯。」歐文點頭回答。

「噢？你是在這裡唸書，還是外地暫時來實習旅遊的？」

「來實習的，我是六年級的準畢業生，馬上就要工作了。」

「六年制？這麼說，你是王國之心的學校的學生？」

「嗯，我就讀於冬波利。」

聽歐文這麼說，高鼻子的魔法師立刻對歐文露出同情的神色，同時有些怨憤道：「可憐的孩子，這幾年你一定過得很不痛快吧？亞熱帶平原都是些憑外表看人的膚淺傢伙，我跟他們打過交道，瞭解那些人，他們只知道追逐頭髮的顏色和肌肉那種可笑的東西……無聊！無知！而且那種地方的教學品質也不怎麼樣。要我說，魔法師還是要留在風刃地區或乾脆來這裡，米斯特里峰這裡的魔法氛圍是最好的，看到塔外那座仿造魔法師之塔的新建築了嗎？那個就是西方高原這裡最好的魔法學校，只允許魔法師入學！可惜你快畢業了，否則就應該轉到這裡來！好在你還可以選擇留下來住在這裡，等以後結婚可以讓孩子到那所真正的魔法學校唸書……」

對方先是抱怨一堆問題，然後就自顧自的說了一大堆話，其他人都贊同的紛紛點頭；歐文沒有說話，只是始終保持著微笑。

等高鼻子魔法師一番關於魔法和地域的見解發表完成，已經是好幾分鐘之後的事了。他痛快的舒了口氣，才重新拿起眼前的書，問：「我們剛才討論到哪裡了？」

「我記得是冰魔法在高溫條件下對抗火系魔法的可行性……」

「噢，對！沒錯！我要說，只要凝聚的冰溫度足夠低的話，就能夠將周圍的火焰……」

歐文保持著不卑不亢的態度加入他們的討論之中，不久又抓住機會用彷彿不太確定、沒有自信的態度拋出幾個有建設性的觀點，很快就讓另外幾個魔法師摸著下巴認真思考起來，連看上去在其中處於強勢地位的高鼻子魔法師都不禁用有些異樣的目光看他。

「這個想法真不錯！我從來沒有這麼想過，這麼說的話，只要這樣……然後再……小夥子……看來王國之心糟糕的教育沒有抹消掉你風刃地區血統的天賦。」他琢磨了片刻，忍不住用力拍歐文的肩膀。

歐文仍然禮貌又溫和的笑著，並不因此而說話，畢竟他已經鍛鍊了幾年，這群坐在塔裡整天不動彈的魔法師的力道並不能讓他感到疼痛。這樣乖巧的態度讓高鼻子魔法師對他又添了幾分好感，畢竟眼前可是一個貨真價實的金頭髮、灰眼眸的孩子，無疑是自己人。

又聊了幾句，歐文見自己已經融入了他們之中，頓了頓，便換了個話題，壓低聲音，好像很不可置信的問道：「……隔壁那幾個黑頭髮的魔法師，難道是魔族嗎？」

「嗯，沒錯。」看著歐文臉上那種初來者常有的震驚，已經好些年沒有離開魔法師之塔的高鼻子魔法師立刻生出了些不可名狀的優越感。

「你現在可能還不習慣，等住在這裡久了就知道了。這座塔是全世界魔法師的瑰寶！只要是懂魔法的，無論是人類還是魔族，都不可能抗拒得了這裡的書籍的秘密……看到塔頂繪的星座了嗎？那些是用魔紋畫的，會按照星座的季節變化自行轉動，它其實是一幅圓形的全圖……等到晚上的時候，塔頂就會透明——當然這也是偉大的魔法的作用——你會看見上面的所有星座和真實的夜空重合，一絲一毫都不差！只要見過那種景象，我保證你一輩子都不會再想離開這裡了！」

——除非菲莉亞也住在這裡我才有可能一輩子不想離開。

歐文在心中不屑的挑了挑眉，但臉上仍然不置可否。

「你也別太糾結他們的種族……哼，老實說，我覺得魔族沒什麼問題，他們至少比平原那些以貌取人的人類好多了。」高鼻子魔法師似乎還有些忿忿，又補充了一句。

另一個魔法師也小聲嘟囔：「最近塔裡的魔族數量好像變多了一些，當然，也有可能是我的錯覺……其實那些魔族對魔法的見解有時候還挺獨特的……唔，還有無盡的魔力和施法不需要吟誦以及藉助魔杖，真是令人羨慕啊……」

這可能是歐文進入海波里恩之後，從人類口中聽到的對魔族最溫和友好的評價了，他又大膽的看了幾眼隔壁的幾個魔族魔法師，他們正在熱烈的討論著什麼，紅色的眼眸難以掩飾的放光。歐文笑了笑，扭回頭，漫不經心的翻翻剛才隨手拿來的魔法理論，然後往自己討論的群組裡拋了幾個問題。

他提出的看法的確既新穎又有價值，幾個風刃地區的魔法師立刻被吸引，注意力全從魔族魔法師和魔法師之塔上拉了回來，開始激烈的發表意見，還不停的推眼鏡翻書引經據典。

歐文那裡一切盡在掌控中，菲莉亞這邊卻有些沒頭緒。

她已經從一樓轉到三樓，中途也拿過幾本書翻閱，但很快就被生澀的古文或者非現代通用語弄得頭暈，沒什麼興趣的將書放了回去。

周圍的人似乎都專注於書本，她不敢上前搭話或詢問強盜團的事，連說話的人都沒有，所以她也沒法偷聽他人談話來搜集資訊。菲莉亞忍不住感到無聊，可想到大家都在努力為尋找有用的資訊而奮鬥，她又不得不強打起精神來。

這時，菲莉亞轉到了物理類武器實用書籍區，她的目光不由自主被一本名為《鐵餅的維護與應用》的書所吸引，猶豫了一下，還是拿了起來。

雖然她不擲鐵餅已經很久了，但、但……萬一裡面有飼養會說話的鐵餅的方法呢？

菲莉亞花了三秒鐘說服自己這本書是有用的，然後就看了起來。

鐵餅是一種歷史悠久的古典武器，近代和現代使用的人較少，研究者自然也少，她拿起的這本書顯然積灰許久，有不少年頭，連書頁都快散開了，而且也是用讓菲莉亞頭疼的古語寫成，但不知怎麼回事，這一次她卻看了下去。

不知過了多久，菲莉亞正看到「必須經常接觸、使用鐵餅以保持手感以及和武器的親密關係」時，忽然被人從背後拍了一下。

她嚇得整個人一抖，驚慌的回頭，沒想到看到的卻是南茜。

「菲莉亞！誒？竟然真的是妳！」雖然是南茜主動打的招呼，但她好像也有點吃驚的樣子，「想不到會在魔法師之塔碰到妳，妳今年還在這裡實習？保全之類的嗎？」

「南茜？」菲莉亞眨了眨眼睛，一時有些迷茫，「妳怎麼在這裡？」

「哈？妳在說什麼呢！」南茜古怪的看了菲莉亞一眼，不可置信的回道，「這是我的家鄉，我住在這裡啊！」

看到菲莉亞張著嘴巴，好像還是不太相信的樣子，南茜不滿的皺了皺眉頭，拿出魔杖甩了甩，說道：「雖然貝蒂也經常說我這種性格不應該揮魔杖，應該去玩火槍——好像是矮人發明的什麼現在失傳的火器。但我好歹也算是魔法師，出生在西方高原，畢業前回自己家鄉實習很奇怪嗎？」

「不、不是的……」菲莉亞這時也反應過來了，連忙否認。她實際上正在努力克服自己一緊張害怕說話就不俐落的毛病，但這個時候南茜一臉要生氣的樣子，見識過這位室友火爆脾氣的菲莉亞不禁舊病復發。

南茜出生在西方高原沒什麼奇怪的，而且菲莉亞也早就知道了，只不過……南茜和大多數學習廢寢忘食的魔法師不大一樣，她一翻起書就懶洋洋不耐煩的樣子，平時也很討厭做作業，所以菲莉亞一時很難將她和魔法師之塔這種學術氛圍濃厚的地方聯繫起來。

在她眼中，認真又有耐心的歐文才比較像是在魔法師之塔裡長大的巫師，儘管她知道他從小一直住在風刃地區。

看菲莉亞一臉慌張，南茜怒氣來得快、去得也快，她一下子就不在意了，親熱的挽住菲莉亞的肩膀說道：「嘖，待在這裡幹什麼？都是沒意思的東西，膩都膩死了。妳不知道，我從小就被爸媽一直關在這裡，現在只要看到紙做的東西都想吐，所以上學才拚命想逃出這個鬼地方……算了，不說這些了，我還以為之前在王城時，可能就是和妳們畢業前最後一次見面了呢！想不到還能在這裡碰到妳。走，菲莉亞，我帶妳逛逛米斯特里峰的商店街……」

菲莉亞趕緊把自己的胳膊從南西手裡拽出來，拒絕道：「抱歉，那個……不行的，我不能擅自走。」

面對南西不解的神情，菲莉亞理了理頭緒，才繼續說：「我現在是在卡斯爾學長的勇者團隊裡實習，我們想要拿到那個魔法師強盜團的懸賞，所以才來找資訊的……我們已經和卡斯爾學長說好了分頭在塔裡行動，等傍晚在樓下會合，我暫時不可以離開這裡……」

「卡斯爾學長？！天吶，真的嗎？！」南西立刻抓到了關鍵字，大聲驚呼著，但旋即明白了始末，「對哦，菲莉亞妳是今年學院競賽的冠軍來著，難怪卡斯爾學長會邀請妳……真是太棒了！」

南西興奮的用力拍著菲莉亞的肩膀，好一會兒才冷靜下來，「說起來，我的確也有聽說最近西方高原有個新活躍起來的強盜團……原來你們是為了這個來的嗎？」

菲莉亞心中一頓，急忙問：「妳知道關於魔法師強盜團的事？」

「不，我也才剛剛回來不久。妳知道，爬山很累的。」南西無奈的聳聳肩，表示自己一點都不清楚，「不過，似乎確實鬧得挺大的，我爸媽讓我最近少離開塔，說這裡最安全……嘖，煩死了，我明明都成年了！」

南西說著煩躁的抓了抓頭髮，她在菲莉亞的宿舍中算年紀大的，今年已經十六歲，按照海波里恩的律法，的確是貨真價實的成年人。

又聽南茜說她也不知道，菲莉亞失落了幾秒鐘，但很快就振作起來。她看了看似乎對魔法師之塔很熟悉，又一身日常裝束的南茜，問道：「那個……南茜，妳是準備以後就留在這裡了嗎？」

「對啊，怎麼了？」面對菲莉亞的問題，南茜滿臉莫名其妙。

菲莉亞歪了歪頭，又問：「所以，傑瑞也會和妳一起住進來嗎？」

傑瑞是個重劍士，魔法師之塔對他來說多有不便。大多數魔法師在塔裡都是靠研究理論和寫書度日維生的，傑瑞卻同樣是個腦袋不太好使的老實個性，無論怎麼想都不適合住在米斯特里峰裡搞學術。從這一點上講，他和南茜倒是天生一對。

菲莉亞的疑惑合情合理，但南茜的臉色卻明顯一黯，奇怪的沉默下來。

周圍的氣氛凝重起來，菲莉亞甚至覺得空氣穿過她的鎧甲令她的皮膚變冷了。察覺到自己恐怕是問了個極不該問的問題，她張了張嘴，剛要試圖補救，南茜卻率先下定決心般的開了口。

「那個……我和傑瑞……恐怕不會再見面了吧。」南茜為難的摸著後腦杓，將硬直的短髮摸得亂糟糟的，「畢竟要畢業了嘛……雖說在一起很多年，但未來什麼的，完全沒有考慮過……我們又不是小孩子了……」

聽著南茜吞吞吐吐的說著話，菲莉亞愣住。她還是頭一次從個性火爆、沒心沒肺、又耿直的南茜嘴裡聽到這麼理性現實的話，這加重了菲莉亞那種「好像大家都變成熟了，只有我在原地踏步」的感覺。

「可、可你們不是戀人嗎？」菲莉亞遲疑的問道。

如果說要評選學校裡最擅長旁若無人在公共場合秀恩愛的情侶，南茜和傑瑞這一對絕對可以當選。雖然常常被貝蒂或迪恩之類的好友吐槽「秀恩愛分得快」，但這兩個人卻始終甜甜蜜蜜的保持著閃瞎人狗眼的戀愛關係。

菲莉亞還以為他們一生都會保持著這種膩人的戀愛關係呢。即使早就知道每年畢業季都會有不少學生情侶分手，但她從未想過這會發生在南茜和傑瑞身上，何況南茜說得那麼理所當然，彷彿這是個不可抗拒的真理一樣。

南茜被菲莉亞的問話激怒了，在她看來，菲莉亞不斷追問這件事，簡直就像是在質問她對戀愛的執著程度一樣！

「我當然知道！可我有什麼辦法！」南茜惱火的吼道，她的怒火使得她握著魔杖的雙手抖個不停，「他是你們東方平原的人！我可是出生在魔法師之塔的魔法師！我們的習慣、口味、生活方式全都不一樣！除了都不善於背書以外幾乎沒有什麼共同點！妳說，我有什麼辦法啊！」

菲莉亞望著氣勢猶如噴火的南茜，被驚得幾秒鐘說不出話來，並且硬生生將「傑瑞知道妳的打算嗎」這個疑問從喉嚨口嚥了下去。

咆哮完，南茜就洩了氣一般用雙手遮住臉，低著頭，後背起伏個不停。

菲莉亞疑心她在哭，想了想，湊上去小心的拍拍她的背。

不知過了幾分鐘，南茜長長的吐了口氣，重新抬起臉來。她的臉頰被手按得通紅，像是被打過兩巴掌似的，不過看上去已經不生氣了。

她掃了菲莉亞一眼，問道：「歐文是不是也在卡斯爾的勇者團隊裡實習？」

不太清楚南茜為什麼忽然這麼問，菲莉亞仍然點了點頭。

得到答案，南茜小聲嘀咕了一句「我就知道」，然後直直的注視著菲莉亞。

她的身高比菲莉亞要高䠷不少，還留著俐落的短髮，當她認真的死盯著誰的時候，眼神看上去頗有威勢。

「嘖，別說我了。妳呢？妳打算怎麼辦？」

「什麼？」菲莉亞不解。

「少裝呆，妳不是喜歡歐文嗎？」

南茜的嗓門一向不小，又這麼唐突的說出來，菲莉亞的臉頰瞬間漲得通紅，差點撲過去一把捂住南茜的嘴。要知道歐文也在魔法師之塔裡！他感官那麼敏銳，萬一就在附近呢！

菲莉亞緊張的四處張望，確定這周圍只有自己和南茜後，才僵硬的張嘴。

「妳、妳怎麼……」她明明只告訴過瑪格麗特。QAQ

南茜翻了個白眼，「妳當我是傻瓜嗎？隨便一眼就能看得出來，太明顯了！」

她話說得傲慢，但實際上南茜知道以前的自己並沒有看出來，她那時候其實並不關心其他人，也懶得深入的想事情，只要每天都高高興興的活著就好。是在深思熟慮決定和傑瑞分手之後，她才忽然注意到的。

菲莉亞喜歡歐文，許多跡象都表明了這一點。

另外，其他室友中的貝蒂和凱麗肯定早就猜到了，只是沒有說而已；麗莎後來與她們漸漸疏遠，南茜不清楚她的想法；而溫妮眼睛裡只有瑪格麗特，說不定不知道這事呢。

聽到南茜的話，菲莉亞更是一陣吃驚。她還以為自己一直把感情隱藏得很好，連歐文都沒有懷疑，沒想到南茜早就知道了。說起來，瑪格麗特也是，之前她告訴瑪格麗特的時候，對方一點都不吃驚。

看來自己在宿舍裡的演技還不夠好……菲莉亞略有幾分失落。

南茜頓了頓，繼續問道：「所以呢？對於歐文，妳準備怎麼辦？」

「我們約好了畢業後進同一個勇者團隊……說不定就這樣留在卡斯爾學長這裡，他同時邀請過我們兩個人。」既然都暴露了，菲莉亞老實的回答，「其他的，我還沒有想好……」

「這樣啊。」南茜心不在焉道。

畢業後進同一個勇者團隊的話，估計短時間內就不會分別了，菲莉亞和歐文這一對說不定會比她和傑瑞順利不少……

其實仔細想想，歐文每年一開學肯定準時來她們宿舍找菲莉亞，平時不管幹什麼都和菲莉亞膩在一起，要說他對菲莉亞完全沒有好感的話肯定不可能……但為什麼沒有表白呢？他好像不是那麼不乾脆的人……

南茜不由得奇怪起來。

以前她對歐文的印象只停留在一個金髮的娘娘腔魔法師，而且沒什麼主見，總是娘氣的微笑，和極有男子氣概的傑瑞完全不同。可現在回憶起來，對方分明是深藏不露，看似什麼都沒隱瞞，實際上卻什麼都沒暴露出來，將自己結結實實的包裹在溫和的面具之下。傑瑞也說過歐文讓他看不透，還有點危險的感覺，當時南茜只是嗤之以鼻，而如今……

算了，這種複雜的事她果然還是想不下去。

聳了聳肩膀，南茜將想不通的事往腦後一拋，脫口而出的問道：「菲莉亞，難道妳不準備表白嗎？」

聽南茜這麼問，菲莉亞的腦袋立刻一片空白。過了好久，她才期期艾艾道：「其、其實我……是準備表白的……已、已經考慮很久了……」

第七章 沒有雪冬節只有愛神節

菲莉亞的回答，讓南茜立刻兩眼放光。

雖然她自己基本上算是要和傑瑞畢業後自然分手了，但是這並不妨礙她熱衷於室友的八卦。聽說室友準備表白，而且成功率應該還挺高的，南茜忍不住興奮追問：「哦？所以呢？妳準備什麼時候表白？」

菲莉亞不自覺的絞起手指。

她的確考慮向歐文表白已經好長一段時間了……或許是學院競賽上贏得的榮譽讓她獲得前所未有的自信，或許是這個念頭本來就早已在她的腦海裡徘徊不去，總之，菲莉亞確實是這麼想的——即使歐文真的僅僅是將她當作一個普通朋友，她也希望能在畢業之前，將自己真正的心意傳達給對方。

不過，雖然常常這麼想，但她卻始終沒有真正定下表白的時間，而是無限制的繼續拖延下去。如果南茜不問的話，她說不定會一直不去考慮這個問題。

——既然這樣的話，不如早點來個乾脆！

菲莉亞忽然下定了決心，她的目光堅定起來，語氣篤定道：「那就今天晚上吧！等黃昏集合以後，我們應該會去找休息的地方，然後大概能找到和歐文兩個人獨處的機會……」

南茜被菲莉亞突然的果決嚇了一跳，連忙阻止她：「不不不，等等！妳就沒有想過萬一失敗怎麼辦嗎？你們不是還要一起剿滅強盜團？表白失敗後還一起實習的話會很尷尬吧？」

菲莉亞一愣，南茜說得對，她還真的沒有想過。

頭腦漸漸清醒下來的火屬性魔法師繼續問道：「菲莉亞，你們在西方高原這裡會待到什麼時候？」

「不知道。」菲莉亞搖頭，「要看任務什麼時候能完成。」

聞言，南茜神秘一笑。

「我倒建議你們可以在這裡留得久一點。二月份有個日子正好適合妳表白。」

「什麼？」

「愛神節。」南茜壓抑著激動，「這是我們這裡的傳統節日……咳，因為米斯特里峰這裡單身的魔法師比較多，所以每年春天來臨之前都會固定找個機會解決大家的婚姻問題。到時候會有為情侶準備的慶典，那些書呆子們也會從塔裡跑出來，算是這倒楣地方少有的比較有意思的日子了……那天表白的人肯定很多的，怎麼樣，試試看吧？」

聽南茜大力推薦，菲莉亞亦略有幾分心動。而且好不容易聚集起來的勇氣是如此容易被打破，能拖延幾天這件事對菲莉亞有著難以抵禦的誘惑力。終於，她的嘴唇顫了顫，菲莉亞聽見自己回答道：「……好。」

見自己的建議被採納，南茜無疑十分高興，她大力拍了拍菲莉亞的肩膀說道：「加油！既然妳還會在米斯特里峰停留一段時間，我會經常來找妳玩的！妳別忘記把暫時安頓的地方告訴我，我幾乎一天到晚都在塔裡，一般在五樓或者十四樓，新月的日子會在頂樓觀星……對了，還有，到時候妳的表白有結果了也不要忘記通知我。」

對於這些，菲莉亞當然是紅著臉連連答應。

向南茜告別後，菲莉亞又找了一會兒資料，很快到了黃昏時分，她一無所獲的回到一樓入口處，只見另外三個人都已經到了，於是趕忙過去會合。

離開魔法師之塔後，四人在米斯特里峰的生活區找了間酒館，在角落裡坐下。

不知是不是因為和西方高原住民的作息不合，又或是魔法師們都在塔裡專心研究，小酒館裡人丁寥寥，除了他們這一桌，幾乎就沒什麼人，酒館的夥計都托著腮在櫃檯後快要睡著了。不過，這樣反而有利於他們說話，雖說不是什麼重要到非得保密不可的事，但勇者業內魚龍混雜，還是低調隱蔽些好。

卡斯爾問道：「怎麼樣，你們下午有什麼成果嗎？」

瑪格麗特面無表情的提起劍，回答：「……拔劍的時候將它提到這個位置，同時出腳，速度更快。」

菲莉亞聽到瑪格麗特說的話，險些一頭栽在桌子上，尤其是對上瑪格麗特嚴肅的神情。

這一聽就知道，她下午估計是沉浸在某本書裡，把懸賞任務的事情忘掉了。

卡斯爾倒是若有所思的摸了摸下巴，專注研究一下瑪格麗特說的位置，感興趣的「哦」了一聲：「……唔，原來是這樣，改天我也要試試看。」

等瑪格麗特將劍放回老位置，卡斯爾才重新將目光轉向菲莉亞和歐文。

「菲莉亞、歐文，那你們呢？關於強盜團，有什麼發現嗎？」

菲莉亞羞愧的搖頭。

歐文聳了聳肩，回答：「抱歉，我在討論區問了一些魔法師，他們也沒什麼頭緒。」

卡斯爾並不在意的笑了笑，「哈哈哈，這麼說的話，就只有我聽到一些事了。」

聞言，大家都看向他。

卡斯爾從口袋裡摸出一張地圖，一面是整個西方高原，另一面是細緻的馬吉克全城圖。這張地圖大家都見過，是卡斯爾在爬上米斯特里峰前，在山下城買的。馬吉克全城圖上甚至連酒館、旅店、當地傭兵中心的位置都標誌得清清楚楚，讓人一目瞭然。

「之前在魔法師之塔時，我和幾個看上去神情焦慮的魔法師搭了話。」卡斯爾的手指在地圖上滑動著，「這裡、這裡，還有這裡，最近都有價格便宜、商品來路不明的地下交易，尤其是這個地方，規模大到足以被稱為是黑市了。」

說著，他略微停頓了一下，抬頭看自己隊伍裡幾個實習生的表情，然後才繼續說話。

「我想，我們應該從這幾個地方調查起。」

菲莉亞看了看卡斯爾指出來的幾個位置，裡面多半是一些位置偏僻的酒館，或者是魔法用品較多的商店街附近的咖啡館，然而令人吃驚的是，有一所魔法師學校竟然也是地下交易點，難道說那些不法商人已經銷贓銷到學生頭上了嗎？

不過，竟然一個下午就調查到這麼有用的資訊，給他們帶來第一個突破點……

菲莉亞看著卡斯爾的目光不由得又帶上了幾分尊敬。果然，他們之中最優秀的人還是卡斯爾。

像黑市地點這樣的資訊，想也知道沒有人會隨便透露給陌生人。想要買賣贓物，不管是買方還是賣方都是違法的，如果真的買了東西的話，不論是誰都會遮遮掩掩。在這種情況下用這麼短的時間弄到消息，絕對不是容易的事。

不過，卡斯爾看起來的確是那種可靠又容易讓人心生好感的人，他笑起來的時候有種男孩子獨特的爽朗、單純的感覺，不知不覺就會令人信任。

歐文的視線則在卡斯爾說的每一個位置都輕輕掃了一遍，他不著痕跡的將這幾個地點統統記下，接著說道：「我沒有意見。」

瑪格麗特點點頭，無所謂的「嗯」了一聲，她最近總是顯得心不在焉。

菲莉亞這才意識到只有自己還沒有表態，連忙也表示同意。

「謝謝。」卡斯爾笑著露出虎牙，眼睛不自覺的彎成一道勾，「我們現在如果去山下城的交易點，上下山會太浪費時間。那麼，就先從山上城的幾個地點調查起好了。唔……就這間酒館吧，你們覺得怎麼樣？按那個魔法師先生告訴我的時間，最近的一次交易就在下個星期天。」

卡斯爾的安排合情合理，沒有任何能指責或挑剌的地方，大家都沒有異議。

商量完畢，從小酒館裡出來，他們一起走到最近的旅店。

卡斯爾走在最前，瑪格麗特的腳步很快，在第二，歐文和菲莉亞並排走在一起，一會兒就落在了最後。

天色已經暗了，西方高原的空氣分外乾淨清朗，因此月亮似乎比在王城時要明亮得多，星星也要多上許多。那一顆顆遙遠的明珠安靜的躺在夜幕之中，一下一下好奇的眨著眼睛，打量陸地上的行人。

在星光的注視下，菲莉亞忽然有些焦躁，心臟滾滾發燙。

如果南茜沒有及時向她推薦二月底的愛神節，她說不定今天晚上就會對歐文表白了。不知是不是由於曾經有過這個念頭的緣故，此時站在歐文身邊，他的袖口時不時蹭到自己的胳膊，菲莉亞有種奇怪的焦慮。

菲莉亞突然希望他們對付魔法師強盜團的任務不要太快完成，如果不能參加西方高原的愛神節的話，下一次她再有勇氣定下這麼明確的表白時間，可不知道是什麼時候。

感覺到菲莉亞的狀態好像有些恍惚，歐文扭過頭，問道：「怎麼了嗎？」

「……沒、沒什麼。」歐文一說話，菲莉亞便不自覺的緊張，呼吸彷彿被提起來了。

又走了一、兩分鐘，他們到了一家旅店。旅店老闆給他們兩間房間的鑰匙，菲莉亞和瑪格麗特住一間，卡斯爾和歐文住一間。

進自己的房間之前，想了想，歐文微笑著對菲莉亞道：「晚安，菲莉亞。」

「……晚安。」

▶◇◀◎▶◇◀

事情正如菲莉亞內心深處隱隱期望的那樣，在以各種各樣的方式參加過幾次黑市的地下集會過後，他們在懸賞任務上的進度便被卡住了，難以取得突破性的進展。

在傭兵中心有過那樣細緻、高昂的懸賞，這個魔法師強盜團卻仍然沒有被剿滅，反而繼續肆無忌憚的作案，可見他們本身有一定的水準，同時還有對勇者相當的戒心。他們行事小心謹慎，且反追蹤能力很強，即使是菲莉亞他們，在幾次行動裡也中途跟丟好幾次，且始終沒有找到過他們真正的據點。

不過，倒也不是全無收穫。他們聯合起來抓到了好幾個強盜團成員的魔法師，作為憑證交到傭兵中心，亦獲得了一些零碎的報酬。儘管不是很多，但至少能夠維持他們在西方高原的收支平衡，而且還有盈餘。只是馬吉克的傭兵中心只設立在山下城，將在山上城抓到的魔法師押送下去著實不是件輕鬆的事。

轉眼，幾個星期過去，瞬間就到了十二月底。

他們也並不是每天都拚命為了強盜團的事奔走，卡斯爾對待自己團隊的成員很寬鬆，每週至少有一天半可以休息，如果有時需要跟蹤或者連續活動的話，那麼菲莉亞他們說不定能夠得到一個好幾天的連續假，好好鬆一口氣，反倒是沒怎麼見作為隊長的卡斯爾休息過。

一般休息的時候，如果不是和歐文或瑪格麗特在一起的話，菲莉亞會到魔法師之塔去找南茜，她們有時看書、有時聊天，關係竟然比在宿舍時還親密一些。

這一天，他們在山上城。歐文好像有什麼事去了集市，瑪格麗特在練劍，菲莉亞考慮了一會兒，還是把鐵餅獨自留在旅店房間裡讓它自己畫畫著玩——因為鐵餅很怕寂寞，所以菲莉亞一直帶著，平時就放在背包裡，讓它裝成普通的鐵餅——然後自己去了魔法師之塔找南茜。

她找到南茜的時候，南茜正坐在地上，無聊的拿後腦杓磕書架，一副快要悶死的樣子，看菲莉亞來，她頓時眼前一亮。

「菲莉亞！妳總算來了！怎麼樣，妳的實習，還有歐文，最近都有進展嗎？」

「嗯……」

兩人互相交流了一下這一、兩週以來的近況，菲莉亞忽然看了看窗外，說道：「……都這個時間了，不知道雪冬節到了沒有？」

雪冬節是以王國之心的雪為標準的。由於西方高原地形險惡的關係，這裡和王國之心的消息相當閉塞，上山以後，菲莉亞只和父母與哥哥成功通信過一次，或許第二封信最近就要到了，總體而言消息的流通速度極慢。因此，菲莉亞始終沒有聽說雪冬節已經到來的消息，只能暫時當作王國之心還沒有雪花降臨。

聽到她這麼說，南茜突然驚訝的張大了嘴，「原來妳還不知道嗎！我們這裡是不過雪冬節的。」

「不過雪冬節？！」菲莉亞似乎沒有明白南茜的意思，眨了眨眼睛。

「嗯。妳沒發現這裡一年四季全是雪嗎？下雪有什麼好慶祝的。」南茜解釋道，並且不以為然的聳聳肩，還翻了個白眼。

的確，西方高原地勢奇高，夏天的氣溫自然也比平原地區要低得多，山上的積雪四季不化。從米斯特里峰朝下望去，都是白茫茫的山頭，看上去有種說不出的神聖、莊嚴之感，彷彿不是存在於人間的地方。

停頓幾秒，南茜接著說：「而且，觀星難道還有可能停下來休息一、兩個月？那星盤可是會少掉將近六分之一的。這裡一年到頭最值得慶祝的就是愛神節了，那時一些單身的魔法師可能會稍微從塔裡出來一天。不過，就連這天都有一部分情侶選擇觀星過節，堅決不從塔裡出來呢。」

南茜的表情看上去並不像是故意開玩笑耍她，可這件事仍讓菲莉亞覺得難以置信。雪冬節可是一年之中最隆重、最重要的節日，無論是在南淖灣還是王國之心，那一個多月都會大肆的慶祝。況且……即使沒有雪冬節，至少也該有比愛神節這種聽上去只是小打小鬧的節日稍微厲害一些的慶典才對。

菲莉亞驚奇的睜大眼，又確認似的問道：「難道說，會放長假的節日一個都沒有嗎？」既然愛神節這種僅僅有一天慶典的節日是最重要的，很難想像還會有假期更長的節日。南茜「哼」了一聲，面無表情的回答：「沒錯，沒有，一個都沒有。現在妳知道這是怎樣一個招人討厭的鬼地方了吧？」

菲莉亞：「……」

沒有雪冬節對菲莉亞造成了一定的打擊，這意味著今年的一月份恐怕會比往常更加辛苦無聊了。

南茜同情的拍拍菲莉亞的肩膀，鼓勵道：「加油啊！反正妳又不可能一輩子待在這裡，以後還要回到王國之心去的嘛。」

說完，南茜自己卻神情黯了下來。

因為不過雪冬節，馬吉克不管是山下城還是山上城都表現得和平時一樣平靜、古典、沉悶，沒有慶典、聚會和任何特殊娛樂。但是，卡斯爾在跨年當天還是帶他們過了一個相對來說比較豪華、令人激動的夜晚。

他們在餐館裡點了比平時更多的食物，還叫了酒，一直到新一年的鐘聲從魔法師之塔旁邊的大石鐘敲響才離開。

結束前，卡斯爾無比爽朗的笑著，高舉手中的啤酒杯，喊道：「祝你們新年快樂，我團隊的夥伴們！」

「新年快樂！」

歐文並不怎麼喝酒，因此只是象徵性的舉杯，菲莉亞也不太喜歡酒味。倒是瑪格麗特讓人意外的不會醉，喝了好幾杯葡萄酒。

新年開始後，他們休息了三天，然後便繼續之前的任務。

又是兩週過去，終於有一天早晨，卡斯爾連夜從山下城趕到山上城，他看上去相當疲憊卻又異常興奮，金色的眼眸中閃爍著奇異的光。

「我找到他們的據點了！」卡斯爾一把將地圖全部攤在旅店的桌子上，讓菲莉亞、歐文和瑪格麗特都聚過來看，「就在這裡，這附近！這裡建了一座相當怪異的高塔。」

隨著時間變得越來越緊迫，菲莉亞他們四月份還要趕回冬波利參加畢業考試，因此有時為了提高效率，在保證安全的情況下，卡斯爾會安排他們分開行動。當然，卡斯爾自己亦常常獨自進行一些調查。

比如前幾日，卡斯爾都在獨自跟蹤一個上一次在黑市中露面過的魔法師，他賣過東西，而且相當可疑。像跟蹤這樣的行動，人太多反而會引起不便。

「我跟著他順著這幾條路一直走到這個地方，然後我看見他消失在塔裡。」卡斯爾微微皺了皺眉，似乎是覺得自己錯過了什麼重要的線索，「不過，我沒有跟進去。裡面好像有守備的人。」

歐文的指尖輕輕在卡斯爾所說的塔的位置劃過，在地圖上，這裡僅僅是一片廢墟，幾乎貼在了城市的邊緣線上。

「要去看看嗎？」歐文問。

卡斯爾想了想，點頭道：「我想去看看。不過，可能會有些危險，你們認為呢？」

這個地方極有可能是敵人的大本營。這群強盜既然敢四處打劫魔法師，就說明他們人數不少且實力不弱，貿然進入對方基地的話，絕對不是什麼安全的事。

他們只有四個人，而且其中有三個都還沒有畢業，即使是卡斯爾，也才剛剛畢業而已，除去多一年的實習經歷，他的經驗並不比其他人多多少，儘管可靠的性格和天才的天賦使人們經常忘掉這一點。

瑪格麗特沉默了幾秒鐘，並在這短暫的幾秒鐘裡面默默的握緊了拳頭，回答：「我認為可以！這樣的危險，算不上什麼。」

菲莉亞站在瑪格麗特的一側，低下頭立刻就注意到了她攥緊的拳頭。

大小姐最近幾個月一直相當拚命，雖然她從以前起就一直是個十分認真並默默努力的人，但菲莉亞能感覺到她現在的投入程度比以前更高了。

——難道是發生了什麼事情嗎？

——該不會和哥哥有關吧？

菲莉亞擔憂的想著。說起來，她也不知道瑪格麗特親了哥哥那件事後來是怎麼處理的。思考了一會兒，沒有頭緒，菲莉亞只好暫時將疑惑擱到一邊，看向卡斯爾學長，「我也沒有意見。」

「我也是。」歐文將注意力從地圖上收了回來，微笑著回答。

——儘管只是實習生，但他們都相當勇敢啊。

卡斯爾忍不住笑了起來，「哈哈哈，那好。這樣的話，我有一個計畫。」

他稍微停頓一下，喝了口桌上杯子裡的水，像是準備一口氣把計畫說出來。

「為了降低風險，我建議——」卡斯爾站起來，雙手撐在桌上，金色的眼眸環視了他的夥伴們一圈，說道：「我們全部都扮成魔法師。」

▶◇◀◎▶◇◀

幾天後，幾個身穿低調的黑色魔法長袍的勇者拿著魔杖，出現在一座看上去相當古怪的塔外頭。

本來魔法師就是一群喜歡住在塔裡的生物，這沒什麼奇怪的。但是看上去……這幾個人當年在魔法師學校裡的成績應該不怎麼好，其中有兩個女孩拿著魔杖的手極為僵硬，一副生澀的樣子，完全沒有這個年紀的魔法師該有的優美流暢。

「就是這裡嗎？」菲莉亞緊張的嚥了口口水，小聲問道。

「嗯。」卡斯爾點了點頭，眼中流露出興奮的光來，「不過，接下來就要小心點了。」

四人從隱藏的草叢中走出來，塔周圍的所有障礙物都被清理掉了，成為一片一覽無餘的平地，沒有任何躲藏的地方。

卡斯爾熟練的把玩了一下魔杖，走在最前面，向塔走去。他一邊輕聲的說：「大家放鬆一點，特別是菲莉亞和瑪格麗特，妳們盡量讓自己看起來像是天生的魔法師。」

瑪格麗特僵硬的點了點頭。

菲莉亞也一樣，她們都對身上輕飄飄且寬鬆的魔法袍感到不習慣，畢竟平時作為劍士和重劍士，身上的裝備是貼身沉重的鐵製盔甲。另外，菲莉亞今天沒有帶重劍，她的劍體型太大太顯眼，而且誰都沒見過能揹重劍的魔法師，所以她覺得背特別輕，手上卻有根不知怎麼拿才好的木棍——這是歐文暫時借給她的魔杖——菲莉亞有種渾身上下都不對勁的感覺。

瑪格麗特雖然沒有佩劍，但在身上藏了一把鋒利的小匕首。

歐文走在最後，在菲莉亞和瑪格麗特極力保持自然的神態姿態、卻反而顯得哪裡不自然的時候，他慢下了腳步，感到一絲隱隱的怪異。

不知道是不是錯覺，他覺得這個地方好像特別冷，寒氣彷彿是從腳底冒出來的，一直貫穿到全身。此外，那座塔的基調很暗，形態又古怪，像是一顆立在地上的長螺絲，光是沒有倒塌就足以被稱作奇蹟了，看上去分外詭異。

「歐文？」沒有聽到身後歐文的腳步聲，菲莉亞奇怪的回過頭。

聽到菲莉亞在叫他，歐文連忙回過神，轉頭回以一笑，「抱歉，稍微發了一下呆。」

他們又向前走了幾步，卡斯爾已經站在了那扇似乎搖搖欲墜的木門之前。菲莉亞緊張得喉嚨隱隱作痛，手中不自覺的攥緊魔杖——

如果開門後有敵人衝出來的話，她就用魔杖敲死他們！

卡斯爾等待了一會兒，然後微微皺了皺眉頭。

他沒聽到門的另一邊有任何動靜，這可不太正常。不過，卡斯爾仍然將手放在了門的把手上，用力、旋轉、推動！

殘破的木門放出令人心驚肉跳的咯吱聲，卡斯爾條件反射的舉起魔杖，對準門的中心。

然而，什麼都沒有。

人的眼睛所能看到的所有角落都空空如也，甚至可以從一樓地面一眼看到塔尖，連座樓梯都沒有。這座塔簡直像是空有外表、沒有內核的模型玩具。

菲莉亞同樣在卡斯爾開門的一剎那看到了塔內的情形，她的第一個反應就是「這是個騙局」！因此，她還立刻警惕的四處張望，生怕會有魔法師從角落裡跳出來對他們唸魔咒。

不過，這裡似乎就連埋伏的魔法師都沒有。

「……難道他們發現自己暴露，所以提前逃走了？」卡斯爾皺起眉頭，往塔裡走去，他的影子淹沒在照不進陽光的塔底的黑暗之中。

瑪格麗特跟在後面，她蹲下身子，手指在地板上輕輕滑過，「……沒有離開很久，這裡還很乾淨。」

菲莉亞明白瑪格麗特的意思，他們走進塔裡後，地上都沒有留下腳印，這說明地板上沒有灰塵，直到最近幾天這裡都還有人打掃。

難道真的是差一點錯過，讓他們逃跑了嗎？

菲莉亞不禁產生這樣的念頭。

或許是因為沒有窗，陽光照不進來，塔內冷得厲害，菲莉亞進來幾分鐘，竟然不由得搓了搓胳膊，還想跺跺腳。而瑪格麗特打了個噴嚏，顯然也覺得冷。

將整座塔能檢查的地方都檢查了一遍後，他們不得不接受原來住在塔裡的人都已經及時跑了這個可能性。

「抱歉。」卡斯爾相當歉意的說道，「因為我的關係，讓你們白跑一趟。」

這座塔位於山下城，他們之前住在米斯特里峰上，因此特意花了兩天多的時間從山上下來，接下來還要一無所獲的回到山上去，光是想想就讓人覺得士氣大減。

但這的確也不能說是卡斯爾一個人的錯，他獨自一人能在一天半之內跑回山上城傳遞消息，已經是出奇的快了。誰知道那些強盜更快！

瑪格麗特道：「……沒事。」她頓了一頓，「明天起，重新開始找新的線索吧。」

聽瑪格麗特這麼說，菲莉亞原本隱隱有些沮喪的心情振作了一些。

「……看來只能先回去了。」卡斯爾道，「走吧。」

「歐文？」菲莉亞走到塔外，卻看到歐文好像還低著頭留在原地若有所思，連忙喊了他一聲，又奇怪的問：「你發現什麼了嗎？」

「嗯？抱歉……」歐文追上來，不過，離開之前又奇怪的回頭看了一眼。

不知道為什麼，他總覺得有一絲違和感揮之不去，讓他十分在意卻又說不出到底是哪裡不對勁。

然而，腳剛剛踏出塔外，氣溫便回升了不少，暖洋洋的陽光照在身上，菲莉亞舒服的嘆了口氣，將歐文的注意力不知不覺吸引了過去。

寬大的魔法袍罩在菲莉亞身上，將她原本並不寬大的身體襯得更加嬌小，而光暈又模糊了菲莉亞身上的線條，歐文恍惚有種菲莉亞被包在他的衣服裡的錯覺，老臉一紅，趕緊移開視線。

▶◇◀◎▶◇◀

幾天後，歐文一個人踏進了魔法師之塔。

今天是休息日，瑪格麗特和菲莉亞一起去逛集市裡的武器店了，卡斯爾一向很少休息，所以歐文再次有了自由活動的契機。

這段時間裡，他一個人進塔的次數並不少，作為一個魔法師，自然比較容易融入魔法師之塔的氛圍裡，更何況他還有意主動和塔裡的人親近。因此，塔裡已經有不少人認識他，並且會主動邀請他加入己方的學術探討裡。

和天生能讓人感到親近的卡斯爾不一樣，歐文並不是那種自然散發友好氛圍的人，但只要他願意，任誰都會把他當作朋友。

果然，他剛剛路過討論區，幾個和他相熟的風刃地區魔法師就熱情的揮手，想要邀請他加入自己的討論隊伍。不過，今天歐文並不是衝著他們來的，因此他只是對那幾個金髮灰眸的魔法師微笑著招手幾下，表示自己今天不進入討論區。

那些魔法師們自然理解，於是繼續低下頭聊原本的話題。

歐文進入塔裡後，在一樓的書架中繞了一大圈，然後又從另一邊回到討論區。

「你們好，我可以坐在這裡嗎？」歐文笑著說道。

原本坐在那個位置的幾個魔法師都吃驚的抬頭。要知道，由於種族的特殊性，在魔法師之塔裡，他們幾乎沒有被搭話的機會，只有主動加入別的人類魔法師，或者像現在這樣自成一體。

他們是一群離開家鄉、在西方高原研究魔法的魔族。

為首的年老魔族魔法師抬起頭，他扶了扶架在皺巴巴的鼻梁上、用膠布貼補過的老花眼鏡，這才看清楚過來和他們說話的人。

黑髮，紅眸。

來者是個相當年輕的魔族少年——不，或許是介於少年和青年之間，正處在不大不小的青澀年紀，應該不會超過十六歲，遠遠不算成熟的年齡，但也不小。

他的黑髮很有光澤，髮梢柔順平和的落在額前和臉頰邊，有種相當隨意的優雅；五官深刻立體，彷彿被女神赫卡忒安置在了它們最適合的位置，他的鼻梁有著古典挺直的線條，不過，最漂亮的還是那雙澄澈的紅色眼睛，它們簡直像是一對被雨水清洗過的朝陽；另外，魔族少年的身材挺拔，後背、雙腿筆直，個子在同齡的魔族中應該算是高大，何況他還有好幾年的生長空間。

以魔族的審美來看，毫無疑問，這是個極其英俊的少年，而且他正走在成為一個俊美魔族青年的道路上。另外，他身上有一種特別的氣質，說不定還是出身於艾斯相當高貴的魔族家族。

老魔族忍不住又推了推鼻梁上的老花眼鏡。

恐怕就連現在那位以相貌俊美出名的魔王，也不過就長成這個樣子了吧？

當然，還有一個地方能清晰傳達出這個少年身分的顯貴，那就是他身上湧動著的魔力的氣息——很強大，這是個力量強大到足以讓人心悸的年輕魔族！在尚未完全定型的年紀就能將自身的魔力發育到如此程度，他到底是……

「當、當然可以！」沒等年邁的魔族發話，坐在另一邊一個較為年輕的魔族已經在歐文的威壓下結巴的開口。

無疑，他也意識到歐文在艾斯的地位，恐怕比這座塔裡能找到的所有魔族都要來得高。再說，就算無關地位，既然在人類的地盤碰到同族的話，就應該互相照顧。

他們全都挪了挪，騰出位置給歐文。

「謝謝。」歐文笑了笑，略微整理魔法袍的衣襬後坐下。

「抱歉，其實我是想問你們一件事。」和魔族在一起的時候，歐文並不刻意隱藏自己的氣場或是別的什麼能顯示出身分的東西，這能給他帶來不小的便利。因此，歐文的狀態亦比在人類周圍時隨意自然很多。

這種輕鬆自如，卻讓周圍那些能感覺到他湧動著魔力的魔族感到不安。

歐文越發燦爛的笑了起來，問道：「你們知道，在這座城裡，有什麼地方有專門提供給魔族的便宜貨買嗎？如果，我不在乎貨品來源的話。」

第八章 魔法師少爺與鐵餅的秘密

「菲莉亞，妳能把妳的鐵餅借給我幾天嗎？」

聽到歐文的請求時，菲莉亞意外的眨了眨眼睛。

這幾天歐文好像總是跑魔法師之塔，有幾回她想去找他都找不到。不過也可以理解，眼下關於強盜團的調查陷入僵局，大家都在盡可能的搜集有用的線索。

但是歐文想借鐵餅，菲莉亞卻想不到什麼理由。

雖然鐵餅是挺萌的，平時她不在，它就自己獨自在房間裡滾來滾去，偶爾還會幫忙掃地什麼的，可除此之外，菲莉亞實在想不到它能有什麼用處。歐文是個魔法師，鐵餅又有懼高症……怎麼想歐文都沒有借鐵餅的理由呀？

忍不住又奇怪的眨眨眼，菲莉亞道：「那個，可以是可以的，可為什麼……」

「啊，是這樣的……」見菲莉亞面露遲疑，歐文連忙換了個說法，微笑道：「之前我爸爸不是在上面用了一些比較特別的魔法嗎？其實我最近也在研究那方面的魔法，但和魔法師之塔的魔法師們討論到關鍵的地方遇到了瓶頸，所以我想借我爸爸附著過魔法的那個鐵餅研究一下。」

——原來是這樣！

菲莉亞恍然大悟。

——難怪最近歐文總是常常去魔法師之塔，而且一坐就是一整天，平時也常常不在，原來是去研究高深的魔法了。

能讓一塊鐵餅蹦蹦跳跳有自己的意識的魔法，菲莉亞在此之前都從未見過，知道她有這麼一塊鐵餅的人也都表現過驚奇，可見歐文的父親肯定是個厲害的魔法師。

於是菲莉亞點點頭，「那我等一下去把鐵餅抱出來……對、對了，歐文。」

「嗯？」

原本聽到菲莉亞答應，歐文已經稍稍鬆了口氣，但被對方叫住，他的心臟又忽然被提了起來。

對上歐文沒有防備的目光，菲莉亞縮在背後的手無意識的絞了起來。

「那、那個……」菲莉亞覺得自己的舌頭好像又變得不靈活了，眼睛也不敢看歐文的表情，只能在地板上四處遊走，「兩週以後的星期三，就是二月二十四日那一天……你、你有沒有空？」

說完，生怕歐文覺得她莫名其妙挑個不是休息天的日子邀請很奇怪，菲莉亞又慌張的補充道：「南茜跟我說，那天是西方高原這裡的節日，山上城會有慶典活動，所以我想……」

菲莉亞越說越小聲，相當沒有底氣，她不敢直說那天是愛神節——一個情侶之間和尋找情侶的人的節日，因此這簡直像是要騙歐文去約會一樣，菲莉亞的羞恥心使得她的耳後根不可控制的泛起一絲粉紅色，並且這絲顏色有繼續蔓延的趨勢。

同時，她的心臟跳得厲害。

——竟然是個邀請！

聽到菲莉亞居然說了這麼一件事，歐稍微愣了下，但並沒有想太多，只以為菲莉亞又是以朋友的身分邀請他一起玩，就像往常一樣。

老實說，每次菲莉亞來找他，他都會在一瞬間感到興奮和激動，但意識到兩人純潔到不能再純潔的朋友關係這個現實後，心中又會餘下一種難言的寂寥和失落。

——菲莉亞……

——菲莉亞，我到底該怎麼對妳，菲莉亞？

歐文略有幾分無奈的在心裡默唸著這個名字，然而光是默唸，他的心臟深處就傳來一陣難言的酸楚和抽痛，彷彿有一根玫瑰莖的小刺在輕輕觸碰他的胸腔。

過了一會兒，歐文臉上才重新露出一貫溫和的笑容，一口答應道：「嗯，好啊。不過最近幾天我可能會到山下城去，有些重要的實驗研究要做，就是跟妳借鐵餅的事，所以妳可能會有五、六天看不到我，我會去跟卡斯爾學長請假並且道歉的，不要擔心，菲莉亞。」

▲◇▲◎▲◇▲

向隊友打過招呼，三天後，歐文一個人出現在了山下城。

在之前將近半個月的時間，歐文以魔族的樣子在好幾個魔族聚集的魔法師小團隊中打探消息。果然，不只是人類的魔法師之間最近偷偷流傳著黑市交易的管道，魔族的魔法師裡同樣也有，而且他們能夠買到的東西似乎更便宜、更優質。

山下城的集市裡人聲鼎沸，比山上城更為熱鬧，叫賣聲、喧鬧聲不絕於耳。畢竟不是誰都有體力和耐心花好幾天時間爬上最高峰的，大部分的物品交易都還是在米斯特里峰以外的地區進行。

歐文感覺到他懷裡那塊沉甸甸的圓盤拱了拱，鐵餅探出頭道：「魔法師少爺，我們是要去哪裡呀？」

「酒館的黑市。」歐文又將它往懷裡抱穩了些，簡明扼要的回答。

「哦。」點了點頭，鐵餅自己乖乖找了個舒服又穩固的位置坐好。它感慨而高興的繼續說道：「ヽ(*°▽°*)ノ說起來，魔法師少爺，您最近抱我比以前穩多了耶，手都不怎麼抖了。之前也是您一路把我從山上抱下來呢……」

歐文：「……」

他默默的將鐵餅又往懷裡揣了揣，順便用和魔法袍顏色一樣的黑布蓋住。看不到光明，鐵餅「嚶嚶嚶」的不說話了。

沒多久，已經到了有黑市的酒館附近，歐文才重新把蒙著鐵餅的黑布從它臉上拿下來。

「我需要你幫我一個忙。」歐文道，「就像之前說好的那樣。步驟你都記住了嗎？」

「放心吧，魔法師少爺！」鐵餅非常信誓旦旦的點頭──對它來說就是擺動整個身體。

幸好歐文的體力已經相當不錯了，否則它這樣亂動，他說不定會失手把它摔在地上。然而，看著鐵餅一臉十分有自信的表情，他卻始終覺得淡淡的不放心。

歐文：真的沒問題嗎？＝＝

迎上心愛的魔法師少爺不信任的目光，彷彿是為了證明自己的實力一般，鐵餅乖乖把黑布蓋在自己臉上躺平，閉上眼睛，將細細的胳膊和腿都緊緊貼在身體的側面，僵硬的挺直，發揮出巔峰水準的演技假裝成了一塊正常的鐵餅。

歐文：……救命還真的挺像的。

被一塊哪裡都傻的鐵餅擁有的演戲天賦震驚了幾秒鐘之後，歐文重新在臉上掛上優雅的微笑，將魔杖收進口袋，用指尖搓了搓從身體裡湧現出來的魔力，隨即他的眼睛裡湧現出血色，金色頭髮也如枯萎一般漸漸與陰影融為一體。

調整完畢，又將偽裝好的鐵餅塞進早就準備好的袋子中，歐文進入了酒館。

和普通的酒館不一樣，這是一間專供魔族的酒館。由於西方高原的特殊性，在人類的城市中，常常會有魔族聚集在生活區，於是魔族旅店、魔族酒館、魔族魔法用品店等等符合魔族生活習慣的設施亦應運而生。

歐文剛剛踏進店中，艾斯情調的裝潢便出現在眼前，不知是暫駐還是常駐的黑髮吟遊詩人抱著琴低低吟唱著艾斯南方的憂鬱小調；或許由於這裡聚集著大批魔族的關係，店裡的氣溫比外面要低得多。

西方高原由於地勢高峻，原本常溫就比海波里恩的其他地區低上許多，這樣的環境會讓進來的魔族有一瞬間回到家鄉的錯覺。歐文亦有一瞬間的恍惚，但他待在海波里恩已經持續將近六年了，他從九歲隱姓埋名的留學，六年幾乎並不比他住在艾斯的時間短多少。魔族中恐怕不會有誰比他更瞭解海波里恩和這裡的居民。

偶爾，即使是他自己，望著鏡中的金髮少年時，都會一瞬間忘記自己並不是個人類。

適應了一下比屋外稍暗的光線，歐文一步一步的向裡面走去。

他並沒有刻意克制周身魔力充裕的氣息，對於對魔力敏感的魔族來說，這是一種極其可靠的身分象徵。於是，隨著歐文步步深入，酒館裡的人都漸漸安靜下來，不再說話，只是仍然有人會回過頭，小心翼翼的觀察走進來的新客人——

一個典型的魔族長相的、極其英俊的年輕魔族。

歐文筆直的走到了酒館的最深處，他不需要改變路徑，因為所有擋到他的魔族都會不自覺的避讓，為他騰出寬敞的行走位置，連服務生都不自覺的縮在了櫃檯後面，只敢露出眼睛偷偷打量。

「抱歉，特意讓你拿著這麼重的東西重新跑一趟。」歐文在最後一張桌子前停下，自然的坐到一個小心將整張臉蒙起來、只露出一雙細長紅眼的魔族對面，歉意的說道。

「沒關係、沒關係。我們魔族出門在外，就應該互相幫助的。」對方對歐文的態度意外的恭敬，似乎還有點討好的味道，那雙紅眼好奇又探求的在歐文臉上遊走，彷彿他的臉上會寫有真實身分似的。

說著，他費勁的將一個袋子放到桌上。

「弄錯鐵餅的重量是我們不對，抱歉，這次換了一個女款的給您，兩公斤重。」

歐文略一點頭，「謝謝。這是上次弄錯的那個。」

說著，他將放著鐵餅的袋子也平整的擱在桌子上。

老實說，對今天來進行交易的從事不法生意的魔族來說，歐文是個奇怪的客人——他湧動的魔法氣息透露著他的出生非富即貴，即使不是出生冰城的貴族家，也必然是個少見的天才；他氣質古典卻穿著普通，談吐優雅卻坐在這種下賤的酒館裡，還在黑市裡交易便宜貨，僅僅是要買一塊女款鐵餅。

事實上，光是對方想要買女款鐵餅這一點，就足夠讓他詫異的了。

誠然，鐵餅忽然在海波里恩流行了起來——據說和去年的學院競賽有關——並且這場潮流大有蔓延到西方高原地區的趨勢，但想要用鐵餅來鍛鍊肌肉的魔法師仍然是鳳毛麟角，難得到了馬吉克，他們根本連觀星都來不及。

更不要提對方想買的還是女款鐵餅。

儘管他給出的理由「想要先用女款練手，循序漸進」聽上去十分合理，但大部分的男性魔法師實際上還是會直接買男款鐵餅；再說，眼前這個魔族實在不像是擲不動男款鐵餅，他剛才拎著鐵餅進來的樣子，比大多數魔法師都要輕鬆。

魔族商人從黑布中露出的眼睛不著痕跡的打量了一下歐文，接著拽起對方拿來的那個鐵餅的袋子，將它拉了過來。

手中觸到的重量讓他不禁一愣。

好重，比以前他經營過的男款鐵餅都要重，應該是加厚過的。他們的商品幾乎都是打劫來的，原本的主人特意加厚過的可能性並不是沒有……難怪對方要要求更換了。

——不過，他之前拿過來的時候有這麼重嗎？

魔族商人疑惑起來。

不等魔族商人困惑完，歐文已經快速的收起桌上另一塊起碼輕一半以上的鐵餅，並且站起來，朝對面的蒙面生意人微微一笑，說道：「那麼，謝謝你，我就離開了。」

魔族商人連忙摒除雜念，為這位或許身分尊貴的客人送行。

從魔族酒館裡走出來，歐文終於鬆了口氣。他找了個隱蔽的角落，將頭髮和瞳色重新變成人類的模樣，收斂起渾身上下張牙舞爪的魔力，接著才重新回到魔族酒館附近。

天色漸漸暗沉，夕陽從西邊落下，月亮升上正當空。

將近半夜，歐文才看到一個小小的圓盤從路的盡頭跌跌撞撞的跑過來。歐文蹲下身，等它跑過來便將鐵餅一把抱到懷裡。

「怎麼樣？」

「我、我找到位置啦！那個魔法師把我扔在了倉庫裡，我趁著他們不注意就自己跑出來了！」鐵餅上氣不接下氣的胡亂揮動雙手，興奮的說道：「魔法師少爺，我這就帶您去！」

「辛苦了。帶我去吧！」方法奏效，歐文也稍微感到一些激動，將鐵餅翻了個面，讓它看著前面方便指路。

當初為了讓鐵餅自己跑回去找菲莉亞，魔王伊斯梅爾使它成了一塊擁有相當強的方向感的鐵餅。本來是想著以後說不定它還能自己砸得準一點的，沒想到竟然會在這種情況下派上用場。

鐵餅對路線記得相當清晰，不久，歐文就跟著它走到了山下城的邊緣地帶。是之前和卡斯爾已經來過的那個基地。

——果然。

和自己之前猜想的一樣，歐文並不意外的定了定神。

「就是這裡啦！」鐵餅興高采烈道，但剛喊了一聲，它就意識到自己的聲音在靜謐的夜裡太過響亮，連忙捂住了嘴，又小心翼翼的壓低聲音問：「那個……魔法師少爺，要我帶您進去嗎？」

「不用。」歐文將它放在地上，「你在這邊等一下。」

鐵餅在地上站穩，跺了跺腳，又抬起臉看歐文，疑惑問道：「那你什麼時候出來呀？」

歐文動作一頓，想了想，回答：「一個小時……不，半個小時就夠了。」

▶◇◀◎▶◇◀

夜半時分，長期昏睡在床的德尼祭司忽然皺起眉頭，痛苦的在枕頭上扭動起來。

她夢中的畫面是如此清晰，既非普通夢境那種虛構出來的夢幻，亦不是平時在水晶球裡看到的真實的模糊。她彷彿就身處在她所看見的那個位置，眼前的一切都是她親眼所見，清晰到讓她感到可怕。

夢中，有一個約莫十五、六歲、長相與大魔王陛下酷似的魔族少年。

他步伐穩健的穿梭在一條幽深狹窄的長廊中，穿過一間又一間的房間，最終，他進入了其中最大的一間。

一個看上去十分強大的魔族正毫無防備的坐在房間裡，感知到有人開門後，才緩緩轉過了頭。

他們似乎說了些什麼話，德尼祭司拚命想要聽清楚，可卻無法做到，只能聽到沙啞的風聲般一來一往的嘀咕。

少年的臉上始終保持著親和溫柔到令人心悸恐懼的微笑，而另一個魔族的臉色則從最初的慵懶到憤怒，最終完全面色大變，然後他猛地跳起來，從身體裡迸發出鋪天蓋地的飛雪。

這即使對魔族來說，也無疑是個極為強大的魔法，但少年的臉上仍然毫無畏懼，所有鋒利的雪花在打向他身上時，彷彿都在一剎那失去了力道。

然後，少年笑著在手上凝聚出魔法陣。

儘管沒有真的置身其中，德尼祭司的心臟仍然劇烈的跳動起來，那種本能的恐懼幾乎要支配她的心神，讓她奪路而逃。

然而，她卻根本動不了。

少年手中的龐大魔法凝成了一個誇張的漩渦，而那個強壯的成年魔族則驟然睜大雙眼！

忽然，德尼祭司的夢境裡有了聲音。

她聽見那個成年魔族驚恐的說道：「你……你……難道你就是那個……」

他的話沒有機會說完了。

因為他，連同整個藏匿贓物的密室，都被徹底凍成了冰。

德尼祭司終於猛地從床上彈了起來！

她用一雙不知何時變得衰老而枯槁的手一把抓住身邊離她最近的一雙手腕，那一根根如枯枝般的手指深深嵌進對方的肉裡！

「去！去告訴魔王陛下和魔后……」德尼祭司用沙啞的聲音吃力的說道，「回來！讓王子殿下馬上回來！」

守候著祭司的女僕被她猙獰的樣子嚇了一跳，慌張的點頭，連忙跌跌撞撞往門外跑去。

看到女僕確實接收到她說的話，德尼祭司力道一鬆，再次陷入暈厥之中。

▶◇◀◎▶◇◀

這時，歐文正從地下重新走上來。

從外面看，這座塔的形狀怪異，而且修得很高，這種設計使人很難想到它的實際空間其實是在地下，塔僅僅是個掩護而已。

塔底所有的地磚都是冰涼的大理石，只有一塊是偽裝成石頭的、用魔法凝成的冰。在塔內燈光不足且特意用魔法使氣溫降低的情況下，這個地方很難被發現，幾乎只有天生對魔法氣息極為敏感的魔族才能察覺到。

他找到那塊與眾不同的冰磚，打開了進入底下密室的通道，並且找到了那個所謂的魔法師強盜團的主謀——一個長期混跡在西方高原地帶的魔族。

事實上，整個魔法師強盜團，都是由魔族組成的。

他們從人類身上搶劫財物，以低廉的價格提供物品給自己的同族，然後又透過黑市從人類身上榨取第二次價值。他們供給人類的貨品雖然售價仍然比市面上便宜，但相對於成本來說，近乎是暴利。

歐文並沒有從他們口中得到他們組建強盜團的最終目的，不過，他基本上也能想到幾個原因——如果不是因為兩國之間貨幣兌換困難導致經濟拮据，就是在海波里恩得不到尊重，於是向人類實施報復，或者是類似的其他原因。

當然，還有另一個可能性，也是歐文最不希望成真的一個——他們試圖進一步毀壞魔族和人類之間的關係。

儘管艾斯和海波里恩目前處在和平期，雙方的民眾都能友好交流，但不可否認的，雙方積累百年的仇恨或夙願使得兩個國家裡都有激進的種族主義分子，而且這些種族主義者越是身分低微，越是容易將某些事情一概而論，情緒越容易激動，甚至會有「屠殺」一類極端的想法。

如果他們之中產生有號召力的類似「領袖」的角色，很容易就會聚集出集團。

從這群魔族的身分是強盜來看，歐文並不認為他們在艾斯曾經接受過適當的教育，不過這倒未必是他們自身的問題。

他並沒有將他們全部都殺死，只不過是封在帶有魔法的冰中，準備回去之後就寫信給父母，然後將整個強盜窟交給艾斯的法律來處理。但是，一切都必須在秘密的情況下進行。因為無論這個強盜團出現的理由是哪一種，一個活躍於人類領土的魔族強盜團，絕對不是什麼有利於維護兩國之間和平的事。

歐文從塔裡走出來，回頭看了一眼。

很好，雖然地底下的空間全部都被他冰封了，但是從外面一點跡象都看不出來，只是氣溫比之前又低了一點。

「魔法師少爺？」見歐文出來，鐵餅趕緊跑過去。它並不清楚發生了什麼事，只是感覺歐文進去後不久，地面稍微震過一下。

歐文伸手將它抱起來，微笑道：「嗯，我出來了。走吧，回去找菲莉亞。」

此時，距離他踏入塔內的時間，正好過去了二十八分鐘。

第九章 煙花下的混亂告白

這天早晨，菲莉亞在床上莫名其妙的打了個噴嚏，睜開眼睛才發現是睡著的時候不小心把被子弄到地上了。往常她會抱著鐵餅睡，如果出現這種情況，鐵餅會揉著眼睛偷偷幫她把被子撿起來蓋上，但這幾天鐵餅被歐文借走，菲莉亞忽然感到不習慣，總覺得懷裡空空的。

說起來，歐文帶鐵餅去做實驗已經有好幾天了，他們什麼時候會回來呢？

菲莉亞看了眼窗外矇矇亮的天色，由於時間尚早，外面還是靜悄悄的。

歐文當初說要離開五、六天，現在已經是他告別後的第四日，算算時間，他差不多該要往回走了吧？而且，還有十天就是愛神節了……

想到已經決定在愛神節表白，菲莉亞頓時覺得喘不過氣，連忙深呼吸了幾口，平復一下心情。她已經想好了，不管歐文是拒絕還是接受，她都會坦然的接受結果，至少……在畢業的時候，不留下遺憾。

菲莉亞估計的時間一點都沒有錯，兩天之後，歐文從山下城回來，重新爬上了米斯特里峰。他把鐵餅還給菲莉亞，由於之前早已串好了詞，鐵餅只說它跟著歐文和一些風刃地區的魔法師在一起唸魔咒，一點都沒有說漏嘴。

看到鐵餅完好無損且活潑的回來了，菲莉亞終於鬆了口氣，之前她還真有幾分擔心歐文的研究會使鐵餅出現什麼損傷呢。

看著眼神清澈的菲莉亞，歐文這些天被強盜團弄得頗為緊張的心情頓時鬆弛了下來，他微微一笑，假裝問道：「不好意思，在這種關鍵時刻還跟其他人一起去做研究。怎麼樣，這幾天你們對強盜團的事有進展嗎？」

聽到歐文的問題，菲莉亞搖了搖頭，「沒什麼進展。而且不知道怎麼回事，前天開始，黑市就都沒有在經營了，連人的身影都找不到。」

頓了頓，菲莉亞不禁露出擔憂的神情，「他們不會是發現了什麼，再也不出現了吧？」

儘管世界上根本沒有誰比他還要更清楚強盜團到底發了生什麼事，歐文仍然配合的擔心道：「不會吧？我們平時都很小心……會不會有別的勇者先一步找到了他們的據點？」

各個勇者和勇者團隊之間也存在著競爭，而且當彼此利益衝突的時候，競爭會相當的激烈，人類之間互相殘殺亦在所不惜。

不過，菲莉亞暫時還沒有到考慮勇者團隊利益衝突的時候，她只是單純的憂慮強盜團會繼續做些迫害平民的事，於是點頭小聲道：「但願如此吧。」

聊完懸賞任務的事，菲莉亞的思緒又不自覺的飄到別的地方。

歐文離她很近，不知怎麼回事，菲莉亞總覺得歐文身上有清清涼涼的氣息，相當清爽，即使是在冬天靠近也不會不舒服，反而能讓人平靜下來。

「那、那個，歐文。」

「什麼？」

「二十四號，就、就是西方高原的節日。」菲莉亞忐忑的說，「我們約好的那個，你還記得的吧？」

明明知道歐文從來不是不守承諾的人，但不知怎的，菲莉亞卻對這一次格外沒有自信，生怕出現什麼狀況。

鐵餅感覺到菲莉亞抱著它的手臂在收緊，嚇得趕緊「嚶嚶嚶」拍她的小臂，示意菲莉亞放鬆。

歐文一愣，繼而反應過來道：「嗯，山上城的慶典對吧？我記得的。」

▶◇◀◎▶◇◀

和菲莉亞說完話，歐文回到房間裡。

那群魔族強盜團有相當的規模，而且長期活躍在海波里恩境內，這對艾斯來說也是不容忽視的大事。

坐下來後，歐文立刻找出紙筆，開始寫信給伊斯梅爾。大魔王不知道正在做什麼事，他隔了好一會兒才收到回信——

親愛的兒子：

謝謝你告訴我這個不好的消息，我湊巧也有個不好的消息要告訴你。

德尼祭司的病情又惡化了，她衰老得很厲害，而且魔力似乎一直沒有恢復過來，她醒過來照鏡子的話肯定會被自己嚇一跳。不過，醫生說並不會有生命危險。

你最近如果方便，最好回國一趟。

我和你媽並沒有偶爾覺得你不在家也挺好的。

真的。

愛你的爸爸　大魔王

看完了信，歐文愣了愣。

雖然還是他家蠢爹熟悉的文風，但信中的資訊卻不得不認真對待。

德尼祭司是近百年來艾斯預言最準的祭司，還做出了艾斯面臨危機這種重大的預言，在魔族中的地位非同一般。然而，她自從上一次病危之後，似乎就一直多災多難。雖然爸爸在信裡說她沒有生命危險，可魔力無法恢復也是很嚴重的事。

雖說德尼祭司早已不年輕，可是作為預言家來說，還遠遠不到去見魔法女神的壽命。

他不是醫生，即使回去大概也幫不上德尼祭司什麼忙，但要是可以的話，他也想趕緊回國看看到底是怎麼回事。

想了想，歐文提起筆回覆道：「我將於十天後回國。」

理論上他還在實習中，貿然離開太久並不合適。另外，雖說強盜團已經被他凍在了地底下，但其他人並不知道。歐文在西方高原還有一些事得和勇者團隊一起處理，十天時間應該足夠告一段落。

另外，還有和菲莉亞的約定……

想了想，歐文還是將規程的日期定在十天後，並且將信發回了艾斯。

▶◇◀◎▶◇◀

轉眼，二月二十四日，愛神節到來了。

還沒有到約定在旅店前碰面的時間，瑪格麗特站在菲莉亞身後，看著她對著鏡子用梳子一下一下費勁的整理自己的頭髮。

南茜說得沒錯，愛神節的確是西方高原最重要、最熱鬧的節日，那麼多魔法師從塔裡出來的景象，她們還是第一次看到。

由於長期待在塔裡的緣故，路上行走的魔法師的皮膚都白皙得很不正常。

「……妳真的要在今天表白？」菲莉亞正將頭髮小心的綁到肩膀一側時，瑪格麗特遲疑的問道。

瑪格麗特特別信任直覺，歐文始終讓她覺得相當不安。

「嗯。」菲莉亞的臉頰又忍不住燙起來，她握緊拳頭，用力道：「我、我會努力的！」

瑪格麗特：「……」

嘆了口氣，瑪格麗特摘下自己腰間的佩劍，一把塞到菲莉亞手中。

菲莉亞一愣，疑惑的看向她。

瑪格麗特神情複雜，「……我的護身符。」

「……謝謝妳，瑪格麗特！」菲莉亞還以為瑪格麗特是祝福她成功，十分感激的說道。

三十分鐘後，歐文在旅店前見到了腰間佩劍的菲莉亞，不禁愣了愣。

——菲莉亞今天……好像特別漂亮？

「歐文！」

聽到菲莉亞喊他的名字，歐文才勉強回過神來，對她微微一笑，回應道：「菲莉亞。」

莫名的，菲莉亞總覺得歐文今天喊她的名字也有一種特別的味道。

——他不會看出什麼來了吧？

在菲莉亞擔憂的時候，歐文則在憂心另一件事。

他準備在今晚和菲莉亞分開後，就啟程回艾斯，然後畢業考試之前再回冬波利，算是有始有終的完成學業。接下來德尼祭司的預言會不會實現，就不再是他能控制的事。

和卡斯爾接觸這麼久，歐文基本上也和他成為了比較融洽的朋友，而且他確定卡斯爾不是那種極端種族主義者，甚至談得上對魔族的態度非常包容，應該不會做出無緣無故就毀滅艾斯的事來。

歐文已經從卡斯爾那裡取得了離隊的同意，但他還沒有告訴菲莉亞，本來準備在今天約會結束的時候告訴她，卻有種開不了口的感覺。

——算了，等到時候再說吧。

歐文重新笑起來，說道：「那麼，走吧？」

「嗯！」

魔法師的節日果然不同尋常，祭典裡的所有活動幾乎都是用魔法完成的，菲莉亞看得目不暇接，甚至有幾分鐘，她忘記了自己準備表白的事。

終於，到了夜晚。

「今晚會有煙火？」歐文看了靜謐的夜空，問道。

「……嗯。」菲莉亞聽見自己的心臟在不安的跳動著，「為了盡量不影響觀星，會在魔法師之塔的反面放。」

「是嗎？」歐文頓了頓，「那個，菲莉亞，等一下煙火放完後，我有事想和妳說。」

「我、我……那個，我也有事……要說。」菲莉亞幾乎不敢將目光放在歐文身上，只敢盯著自己的腳尖。

天黑以後，雖說愛神節還沒有結束，但大部分魔法師為了觀星，都回到了塔裡，只剩下零星的路人和一些情侶還沉浸在愛情的氣氛裡。

大批單身人員的離去，空氣中旖旎的氣味更重，即使是歐文也感覺到些許不對來。

「砰！」

第一顆煙花在夜幕中開放，瞬間綻放的光點融入夜空的星屑之中。

「菲莉亞，說起來……」歐文皺了皺眉頭，「今天是什麼節？」

菲莉亞的身體一僵。猶豫了一瞬，她將手往身旁探去，小心翼翼勾住了歐文的手指，將掌心貼著掌心。

「……愛神節。」菲莉亞低著頭輕輕的回答，臉頰滾燙，「今天……是愛神節。」

又一顆金色的煙花射上夜空……

「砰！」

在歐文的胸腔裡炸開。

掌心傳來菲莉亞柔嫩溫暖的感覺，歐文感覺到她帶著一點謹慎及不安，卻大膽的將手指試探著放進了他的指縫中。

十指相扣。

歐文只覺得自己的胸腔要被菲莉亞的話灼傷，他下意識的扣進了菲莉亞的手，她的溫度從未如此鮮明過，一股強烈的喜悅和期待捲成浪潮，霸道的衝進歐文的頭腦，讓他簡直無法思考。

「菲、菲莉亞……」

歐文的呼吸頻率被打亂，連喊她的名字都夾雜了一絲顫抖。

愛神節。

歐文明白這個名字背後的含意。

——早就應該發現的，這樣的時間、這樣的氣氛，甚至是菲莉亞邀請自己的時候含羞的表情。

歐文的胸中重重的打著鼓，心臟發瘋般的躍動幾乎到了疼痛的程度。

——但可能嗎？這可能嗎？

——菲莉亞……菲莉亞……

事實上，歐文的內心感到了一絲違和感，但有另一個聲音慫恿他暫時不要去注意這些，讓他的眼睛只看著菲莉亞。

又是一顆煙花上天，為天空增添更多璀璨的星光。周圍原本就稀稀疏疏的情侶身影變得越發模糊，空氣奇異的安靜下來，風穿過樹木的聲音融成一首低吟的小夜曲，天地間彷彿在這一瞬間只剩下他們兩個人。

歐文脫口而出：「菲莉亞，我……」

「那、那個！」菲莉亞生怕他拒絕，急急打斷他，卻仍然不敢抬頭，始終盯著兩人並排在一起的腳尖。

——我喜……

——我喜歡你……

——我喜歡你，歐文……

——一直、一直那麼喜歡你……

在腦海中徘徊了千萬遍的話語，在腦海裡演練了千萬遍的場景……菲莉亞的呼吸隱隱作痛，話就像被什麼堵在喉嚨裡一般，無法發出捅破最後一層窗戶紙的聲音。

——不管怎麼樣，要、要好好的表達清楚。

菲莉亞深深的吸了一口氣，將手放在瑪格麗特給她的劍上，然後似乎真的有勇氣從劍柄灌入她的身體。

「歐、歐文，我……」

煙火綻放迸發出的光芒打亮了菲莉亞緋紅的臉龐，映出玫瑰色的臉頰，她的羞澀、她的緊張、她的無措全部保留在歐文的眼底。她並不知道自己此刻在對方眼裡有多麼可愛，他幾乎想要立刻抱住她的肩膀、親吻她濕潤的眼睛，想要把她揉進身體裡，想要把她放在誰都找不到的地方藏起來……

但他不能打斷她，也不能刺激她繃緊的神經。

而且，他也想聽到她真實的感情。

一開始就表白果然還是太刺激，說不出口，菲莉亞只能努力張開嘴，結結巴巴的一點一點說道：「其、其實從第一次碰到你的時候，我就覺得你人很好了……」

——等等，我在說什麼鬼？QAQ

菲莉亞的思路混亂起來，對她來說表白是等級極高的事，因此結巴得比平時還厲害，連她自己都控制不住嘴裡說出來的話了。

試圖讓自己冷靜下來，但根本沒有用，菲莉亞聽見自己的嘴在硬著頭皮往下說：「雖然我知道你是對所有的人都很友善，而且應該也只是把我當作朋友而已，並沒有什麼特別的，但是我……」

——但是我……

——但是我……

——我……

最後一句話就在嘴邊，菲莉亞定了定神，張開嘴道：「我……」

「我……對所有人都很友善？」忽然，歐文打斷了她。

從一開始就有的違和感前所未有的鮮明起來，歐文突然有些害怕，腦海裡的聲音在喊叫著讓他不要深究下去了，但……

「菲莉亞……妳是，怎麼看我的？」

歐文的臉色微白，與菲莉亞相扣的手不自覺的收緊。

「妳覺得我是……什麼樣的人？」

感覺到歐文的語氣有變化，菲莉亞忍不住抬起了頭，卻被他臉上認真的神情嚇了一跳，此時恰有一顆紅色的煙花綻開，映亮了歐文的半邊面龐，淺灰色的眼眸被點綴成紅色。

煙花墜落，他的眼眸又回到淺得近乎通透的灰色，只是仍然定定的注視著菲莉亞。

菲莉亞不自覺的被這雙眼睛吸住，再也移不開目光，可卻不知怎的，她忽然覺得歐文似乎比她還緊張。

「你很、很優秀，善良、認真，還很溫柔，對誰都發自內心的友好……」菲莉亞磕磕絆絆說道，由於直接看著歐文，歐文也看著她，這番話說出來比往常還要更讓人害羞，「當初知道我的家鄉是南淖灣，也仍然微笑著和我說話……」

菲莉亞越說聲音越輕，露出了些許懷念的神色。

「而且，你又很受歡迎，很容易就能和別人成為朋友。個性隨和又親切，遇事很冷靜，魔法用得很好，查德教授也這麼覺得……」

由於緊張，菲莉亞想到什麼就說什麼，說出來的話缺乏邏輯，只讓她的臉頰越來越紅，成了夜色也遮擋不住的赤紅色。

然而，這番話卻如同在歐文頭上潑了一盆冷水。

他的確有許多人類朋友，和宿舍裡的人也相處得不錯，但這很大程度上僅僅是為了融入人類之中，並且獲取更多的情報。甚至包括當初遇見菲莉亞，也是出於同樣的目的，他根本不是什麼一視同仁，只是單純的不知道南淖灣是哪裡而已，那個時候他並沒有真誠的面對菲莉亞。

善良？溫柔？隨和？親切？對誰都發自內心的友好？

這並不是他。

歐文終於明白那種揮之不去的違和感是怎麼回事了。

菲莉亞喜歡上的並不是他，而是一個維持著微笑的面具、用溫柔來掩飾真實情緒、總是被膚淺的朋友包圍、來自風刃地區的人類男孩。

在他注視著菲莉亞的時候，菲莉亞注視的，卻是一個被層層秘密包裹著的虛偽的金髮魔法師。

他永遠不可能真正成為菲莉亞看見的那個溫柔親切的人類魔法師男孩。

他是魔族，而且是魔族唯一的王子。

唯一的，王子。

察覺到歐文的表情越來越凝重，菲莉亞的心臟幾乎被提到了半空中。

──為、為什麼？

──他已經發現我要說什麼了嗎？

──他是在想怎麼委婉的拒絕嗎？

菲莉亞的心情被擰成一股亂七八糟的毛線，在這種狀況下，她完全想不到什麼漂亮的退路，唯一的念頭只有把一開始的計畫繼續下去。

菲莉亞焦慮的拔高了嗓音：「歐文，我喜……」

「不，讓我先說吧。」歐文從恍惚中快速恢復過來，定了定神，目光直直的落在菲莉亞身上。

這種目光讓菲莉亞的心跳一停。

「菲莉亞，我今晚就要暫時離開，因為家裡有急事發生。我已和卡斯爾學長打過招呼，接下來勇者團隊的事情就要麻煩你們了。」

歐文的背挺得筆直，早春的晚風吹動了他的衣角。他略微停頓了幾秒才又開口。

「我們，等畢業考試的時候再見吧。」

菲莉亞一愣，好像不懂歐文在說什麼。

「你要回家……？今晚就走？」

「嗯。」歐文平靜的點了點頭。

最後一顆煙花在黑幕裡碎裂成千萬點星光，最終消失在星海之中。周圍驀地萬籟俱寂，菲莉亞能聽見他們兩個人都侷促不安的呼吸聲。

由於忐忑不安而冒出的冷汗留在衣服上，菲莉亞今天並沒有穿盔甲，柔軟的布料製作的衣服，在二月底的寒風中仍然相當的涼。

歐文要離開，菲莉亞一時不知該說什麼才好，身體由於寒冷而瑟縮了一下。

想了想，歐文脫下外套，裹到菲莉亞身上。

「……煙花也結束了，我們回去吧。」

菲莉亞急急的拉住他，「可我還沒有——」還沒有好好的表白啊！！QAQ

「不、不用說了……」看到菲莉亞焦急的神情，又知道她要說什麼，歐文這時候反而侷促起來，他下意識的用手指抵住鼻子，眼神飄向另外一邊，「那個……我、我有些事情想要考慮一下。等畢業考試結束之後，我再和妳說。」

想了想，歐文有些僵硬的扣住菲莉亞的肩膀，彎腰在她的臉頰上輕輕吻了一下。

「抱歉，菲莉亞。」

等菲莉亞輕手輕腳的回到旅店房間的時候，卻發現瑪格麗特還沒有睡覺，一直坐在床邊等她。

她和瑪格麗特住同一間房，菲莉亞剛一回來，對方的目光便如箭一般刺在她身上。

「怎麼樣？」瑪格麗特問。

莫名的，菲莉亞感覺她關係最好的室友今天看起來格外凶狠，眼神彷彿要吃人一般，她愣了一下，失落的低下頭道：「我……不知道。」

瑪格麗特下意識的皺眉，「不知道？」

表白要麼成功，要麼失敗，怎麼會有不知道這種事？！

瑪格麗特的眉頭擰得更深了一些。不過，她一向對菲莉亞和歐文的關係不算太看好，因此沒有聽到「成功」這詞時，她稍微鬆了口氣。

斟酌了一下語句，瑪格麗特繼續問：「所以呢？發生了什麼？」

菲莉亞想了想，扯扯身上的外套，更嚴實的把自己裹住，衣服上似乎還帶著歐文身上那種清清涼涼卻很舒服的氣息，她將臉貼近衣領，「他把衣服給我了，還親了我的臉……」

瑪格麗特：「！！」

菲莉亞稍微露出困惑的樣子，接著說道：「可是他又說要考慮一下，向我道歉，而且歐文剛把我送回來就走了，說要回風刃地區，好像家裡有急事……」

停頓幾秒，菲莉亞求助的看向室友，「那個……瑪格麗特，妳知道這算什麼意思嗎？」

瑪格麗特：「……」

——我怎麼可能知道。

▶◇◀◎▶◇◀

三天後，艾斯的國都冰城，魔王的城堡內——

「王子殿下提前回來了！」

「王子殿下要回來了！」

歐文即將到家的消息，在第一時間傳遍了城堡上下，所有的侍從和女僕都忙碌起來，從城堡尖端的窗戶往下望去，可以看到每一條走廊上都有匆匆忙忙的人群。

不過，他們之中的大部分人都只是在跟風瞎忙活，只為了王子殿下一個人其實沒什麼好忙的，這一屆皇族的生活要求實在不高，尤其是魔王殿下，只要給他一個衣櫃他就能玩上一整天了。但也正因為如此，皇宮的工作人員生活都比較無聊，但凡有能湊熱鬧的事，他們絕不放過。

歐文回到城堡時，看到的就是這樣熱鬧的景象。

距離上一次回來又過去了好久，歐文有種既熟悉又陌生的感覺。猶豫了一會兒，他才抬腳往裡走去。

「兒子！我等你好久啦！」

歐文剛進入城堡大廳，大魔王就張開雙臂開心的跑了過來。

如果換作過去的話，歐文不一巴掌把自家蠢爹拍飛就算很好了，但今天他心裡有點亂，遲疑幾秒，還是伸手抱了抱伊斯梅爾。

他現在的身高幾乎和父親一樣高，因此抱起來連手臂都不用抬。魔王伊斯梅爾發現自己真的抱了個滿懷，亦愣了一下，繼而拍了拍兒子的肩膀。

「你長高不少啊，歐文。」鬆開他後，魔王在兩人之間比劃了一下，感慨道：「唔……魔力好像也比以前有長進。」

頓了頓，伊斯梅爾欣慰的抹了抹淚，「而且還比以前孝順了，爸爸好感動，兒子長大了嚶嚶嚶……」

歐文：……救命果然還是想揍他！

歐文忽然覺得因為長久沒有回家就多愁善感了幾分鐘的自己很愚蠢，他頭痛的按了按太陽穴，問道：「爸爸，德尼祭司怎麼樣了？她在哪裡？還好嗎？」

「嗯！挺不錯的，每天呼吸都很健康，就是臉上增了褶子，現在她褶子比我還多了。」伊斯梅爾的表情有點幸災樂禍，「等她醒過來的時候，說不定會氣得把艾斯所有的鏡子都砸光光呢。」

歐文：「……」

德尼夫人實際上年紀不小了，年齡遠在魔王和魔后之上，只不過她將大量的魔力都耗費在了維持外表的年輕上，所以平時的對外形象都是個約二十幾、三十歲不到的美人。

歐文出生的時候，德尼夫人就常以祭司的身分出入城堡了，在她上一任丈夫死後，她幾乎住在了魔王城堡裡，因此歐文和她相當熟悉，說是有些像家人都不為過。正因如此，歐文十分清楚德尼夫人對自己美貌的看重，讓她願意犧牲外貌也要占卜的事情，定然十分重要。

也不知道她到底是預見了什麼，才會連續兩次將自己弄到油盡燈枯的地步，後一次還是在半昏迷狀態下。

想了想，歐文又問道：「那我現在能去看看她嗎？」

「可以是可以……」說到這裡，魔王臉上流露出些許無奈，「不過，就算你去可能也沒什麼用，德尼她完全睡著了。」

略微一頓，歐文說：「還是讓我去看一眼吧。」

幾分鐘後，歐文被領到了德尼夫人的房間。由於她陷入昏迷的關係，有幾個女僕一直貼身不離的照顧她，還有兩位醫生直接搬到了她的房間附近居住。不過，所有人都極力保持著周圍的安靜，女僕的動作都相當小心，幾乎沒有一點兒聲音，怕驚擾到德尼夫人的安寧。

歐文並沒有進去，只是在門口看了看。

德尼夫人果然比他知道的所有時候看起來都要年邁，簡直就像一把乾枯的老樹枝躺在床上，要不是胸口還有微弱的起伏，說她已經死了歐文也不會完全不相信。

德尼夫人房間裡的裝潢還維持著平時的樣子——牆上掛著星象圖、桌上擺著水晶球、地上的地毯是一個巨大的魔法陣——原本就相當具有神秘氣息的房間，在所有人都堅持靜謐的情況下，形成了一種相當詭異的氣氛。

歐文招手讓房間裡一個閒著的女僕出來，關上房間門後，在走廊上皺著眉頭問道：「德尼夫人的病怎麼會突然惡化？出了什麼事嗎？」

在城堡裡待了這麼多年，小女僕頭一次有機會和王子說話，何況還是這麼英俊年輕的王子，這可比照顧一把老樹枝有趣多了，因此她激動得臉頰撲紅，竭力想敘述清楚：「祭司大人最近醒過一次，王子殿下，而且和她平時偶爾清醒時的樣子很不一樣……我聽那晚守夜的女僕說，她那天半夜情緒很失控，還大叫……」

「她叫了些什麼？」

「誒？」聽到歐文的問話，女僕疑惑的歪了歪頭，說道：「她大叫著『快讓王子殿下回來』呀。殿下，您不是因為這個才提前回來了嗎？」

聽到回答，歐文心裡咯登一聲。

爸爸寄給他的信裡並沒有強迫他趕緊回來的意思，所以歐文原本以為並不是什麼緊急的事，德尼夫人衰老成這樣，這應該是她占卜時魔力消耗過度的副作用。難道說，她夢見自己留在西方高原的話，會發生什麼不好的事嗎？

突然間，歐文非常擔心還留在西方高原的菲莉亞。

然而，一想到菲莉亞，他的臉頰便無法控制的燙了起來，思緒不自覺的回到幾天前那個甜蜜又讓人心煩的夜晚，菲莉亞的面容充斥了整個腦海，她的一舉一動、每一個神情都讓人心痛……

他喜歡菲莉亞，菲莉亞也喜歡他，但喜歡的又不是他……

想到自己平時太虛偽才會把事情弄成這樣，歐文恨不得對著過去幾年的自己放幾個大冰錐！如果平時不刻意接近那些人類同學，而是保持自己的話，現在就不會這麼糾結了。

不過話說回來，要是他當初不刻意接近所有人類，說不定也不會成為菲莉亞的朋友。

歐文嘆了口氣，他竭力想要在忘掉菲莉亞和某些煩心事的情況下處理好正事，但現在看來好像根本做不到。

——菲莉亞……

勉強定了定神，歐文才重新找回自己，繼續問：「德尼夫人醒來是哪一天晚上？」

小女僕使勁回想了半天，才報出來一個日期。

將日期在口中咀嚼了幾下，歐文略一點頭，「嗯，我知道了，謝謝妳。妳回去吧。」

「是，王子殿下。」

從德尼夫人的房間離開，歐文直接去了他父母那裡。

今天魔王和魔后都在城堡裡，而且就在剛才，大魔王宣布為了慶祝兒子回家，他臨時放假了。

看到歐文回來，大魔王還挺高興的，問道：「兒子，怎麼樣？德尼夫人有一感受到你的氣息就從床上彈起來嗎？」

歐文：「……沒有。」

「所以看了也沒用嘛。」大魔王懶洋洋的躺在地毯上。

魔后一邊喝茶，一邊淡淡的掃了他一眼。

遲疑了一會兒，歐文道：「……爸爸，我知道德尼夫人醒來過還讓我回來的事了。」

魔王這才扭頭轉向他。

頓了一下，歐文繼續說：「雖然不知道有沒有關係，但她醒來的那天晚上，正好是我抓到那些強盜的時間。那些強盜全部被我冰凍在地底下，雖然短時間裡應該不會死，但還是儘快處理一下比較好。」

「唔，我知道……前幾天我和你媽就已經讓幾個士兵去西方高原了。」大魔王半直起身子，摸了摸下巴。

想了想，他又拍了拍歐文的肩膀，說：「你不用太在意德尼夫人的話，預言本來就只是一種可能性而已，很多偉大的預言家也有不少預言是錯的，尤其是世界末日艾斯滅亡那種，到現在起碼有十個預言家說過魔族要滅亡了，我們不還活得好好的嘛！再說，你不都照她說的話去過海波里恩了，也遇到那個你覺得是傳說中的勇者的傢伙了——好像是一個紅毛還是誰？反正能做的已經做了，艾斯到現在也還沒有亡，不要太在意這些。」

歐文：「……」

雖然覺得自家爸爸對預言的態度太隨意了，但不得不承認他的話消解了歐文心中的一些不安，還有對預言的恐懼。

說起來……

歐文心中一動。當初德尼夫人是在占卜他的婚姻狀況的時候，才會得出艾斯滅亡的結論的……難道說，終結艾斯的結局會和他的婚姻有關？

——怎麼想都不可能吧？結個婚還能毀滅世界不成……

想了想又否定掉，歐文抿了抿唇。

這時，大魔王站起來，拍了拍身高直逼自己的兒子的肩膀，十分寬慰的說道：「兒子，不說這些無聊的事了，你最近在海波里恩有沒有什麼有趣的事啊？和人類相處得怎麼樣？」

光是看伊斯梅爾眼眸中洩露出的八卦之色，歐文就知道他想問的絕對不是普通的學校裡的事。然而，事實上他還真有想要和父母商量的事。

沉默片刻，歐文才猶豫的開口：「那個……爸爸，菲莉亞向我表白了。」

聽到歐文說的話，大魔王伊斯梅爾的眼睛瞬間亮了，就連在旁邊發呆的魔后都忍不住皺眉側目。

「那朵小玫瑰？」

「兒子你終於戀愛了嗎？！」

父母的聲音同時響起。

大魔王再次欣慰的眼角拭淚：「想不到你竟然沒有被炮灰掉，虧爸爸一直擔心你……兒子你真的長大了好多，爸爸好開心……兒子，那你準備什麼時候把女朋友帶回城堡來？」

歐文：「……但我……還沒有回應她。」

聽到這裡，伊斯梅爾頓時震驚了，「兒子你傻啦？你不是喜歡她嗎？還是說，你不喜歡她了？」

「我當然喜歡她！」沒有任何思索，歐文迅速的反駁道。

毫無疑問，他喜歡菲莉亞，非常、非常喜歡她！

沒有人比歐文自己更清楚，他的每一寸皮膚、每一個細胞都在呼喚著菲莉亞的溫度、菲莉亞的氣息、菲莉亞的愛。他每一秒鐘都想把菲莉亞柔軟的身體抱在懷裡，親吻她的臉頰、嘴脣、脖子、鎖骨……

他對菲莉亞的這份喜歡幾乎每一秒都在不停的燃燒，隨著時間的流逝，不僅沒有熄滅，反而越來越強，有時候剎那噴發的慾望甚至會讓歐文自己都感到恐懼。

要是菲莉亞知道他的想法的話，說不定會因此而害怕他。

但正因為如此，他不能用這麼卑鄙的方式接受菲莉亞的愛，這既是對菲莉亞的欺騙，又何嘗不是讓自己活在謊言裡，變得一天比一天更加煎熬？

然而，大魔王可不清楚兒子纖細且複雜的內心世界，得到對方不假思索的答案後，他越發覺得無法理解了，於是道：「那你還不趕緊接受？」

——再不接受你媽就要過去安慰人家了喂！到時候就無法挽回了喂！

一旁的魔后手指抵脣，思索著低下了頭。

伊斯梅爾再次有了危機感。

歐文張了張嘴，本來想將他的糾結點和困擾全盤托出，但話到嘴邊，卻又說不出來。魔王和魔后都是十分乾脆、不會掩藏的魔族，他們想必不會明白表裡不一的痛苦，說不定還會認為掙扎於這種事情的他太過優柔寡斷和無聊。

尤其是他爸，如果直說的話，搞不好他會直接慫恿他把菲莉亞帶回來當魔族王子妃，適應著適應著就習慣了。

想想這種情況是很有可能發生的，歐文在心裡又嘆了口氣。他不想這麼草率的對待菲莉亞，而且菲莉亞一次都沒有來過艾斯，甚至連離艾斯最近的風刃地區都沒有去過，就這樣貿然告訴她的話，她肯定會很驚恐。

再說……

就連他自己，都沒有做好向菲莉亞坦誠的準備。

遲疑了半天，發現大魔王還在滿臉疑惑的盯著他看，顯然是在等他回答，歐文這才斟酌著語句，問：「……爸爸，如果向你表白的對象，實際上喜歡的並不是你，那怎麼辦？」

魔王虎軀一震。

歐文這句話的訊息量在他聽來顯然相當龐大，想不到一群十五、六歲的小孩子竟然能玩得如此複雜。

魔王問：「那她真正喜歡的，是什麼樣的人？」

歐文想了想菲莉亞當時的話，鬱悶的描述道：「……一位個性隨和、友好，和誰能都處得來，還很優秀的人類。」

——誒？這不是兒子以前常常提起的那個討厭的紅毛嗎？

伊斯梅爾立刻覺得自己明白了什麼，他簡直在瞬間就腦補出一部八十萬字的言情小說。兒子的問題不能不回答，而且如果可以的話，他還是想要盡量避免歐文受到傷害的。按照套路，書裡的女主角遲早還是要回到「真愛」身邊，而且拖得越久，對第二男主角造成的創傷就越大。

在腦內快速將魔后的書籍內容過了一遍後，伊斯梅爾的目光忽然深邃起來，嗓音低沉，連神情似乎都有深度了。大魔王緩緩的說道：「既然如此，那還是放棄吧。你就算得到她的身體，也得不到她的心。」

歐文：「……」

大魔王簡直覺得自己說得好有道理，他深沉的繼續說：「如果她喜歡的另有其人，即使她願意和你在一起，你們也無法真的得到幸福，不是嗎？要是她是因為各種各樣的原因無法和真正喜歡的對象在一起的話，你應該灑脫放手，鼓勵她克服困難，勇於追求真愛才對啊。既然她喜歡的是你常說的那個紅頭髮的男孩……」

「卡斯爾？」歐文終於忍不住皺起眉頭，打斷對方。

「嗯。」魔王走近歐文，拍了拍他的肩膀，語重心長道：「兒子，喜歡一個人，不是只要她快樂就好了嗎？如果你真的喜歡她的話，就應該祝福她的幸福呀。」

這句話說完，大魔王便開始等歐文的反應。

兩人沉默了半晌。

良久，歐文才動了動，說道：「……我會想想你的話的。」

歐文站起來，默默的離開房間，他離去的時候，輕輕的關上了門。

見兒子離開，一直沒說話的魔后對大魔王揚了揚眉，「剛才說的那些，你做得到？」

大魔王神色一凜，連忙跑過去，雙手雙腳做章魚狀抱住魔后，正直道：「怎麼可能！我當然做不到啦！ヽ(*°▽°*)ノ」

另一邊，歐文正走在走廊上，他的腳一步一步的踏在堅硬的地板上，發出有節奏的踩踏聲，而且這節奏正在變得越來越快。

歐文默默的握緊了雙手。

——卡斯爾嗎？

雖然他並不覺得自己偽裝出來的那個風刃地區男孩和卡斯爾是同一類的人，但沒錯，菲莉亞當時所說的那幾項優點，卡斯爾幾乎都能夠符合……

不，應該說更符合！

莫名的，歐文的心裡升起了一把嫉妒的火，在胸口燒得劈里啪啦。

他從未像這一刻一樣嫉妒過誰。

要是菲莉亞喜歡的就是她描述出來的那種類型的話，相較於他自己這個偽裝品，卡斯爾無疑是個更優秀、更出色的真品。

——菲莉亞……

歐文的拳頭越攥越緊。

不過……要放棄嗎？

不可能，他不可能放棄菲莉亞。

既然菲莉亞會喜歡上他扮演出來的人類，那麼，為什麼不能讓她喜歡上真實的他？

只不過……

歐文心中一沉。

人類的第一印象和長久以來的固有觀念是很難打破的。

想要改變菲莉亞對他的看法，首先，要弱化他原本留在菲莉亞心裡的那個印象。而在這種事情上，除了時間，幾乎沒有別的東西能做到。

▶◇◀◎▶◇◀

這一天，菲莉亞醒來的時候，就聽到窗外傳來夾雜在許多笑聲裡的熟悉的爽朗笑聲。她走過去，從窗口往下望，第一眼就看到卡斯爾那頭鮮豔亮眼的紅髮，在陽光下炫目的燃燒。

今天無疑是個好天氣，七點半的太陽尚且十分謙遜，但已經帶上了春季融融的暖意。米斯特里峰是西方高原的最高峰，因此從這裡能看到層層疊疊的其他山峰。此刻，每一座山頭的雪頂，都在陽光的投射下亮晶晶的閃爍著。

卡斯爾正被一群一眼就能看出是魔法師的孩子們包圍著，那群孩子似乎連入學年齡都沒到，卻都拿著魔杖、穿著小號的魔法袍。他們不太注意衣服，長長的衣襬隨著他們跳上跳下的動作不停的拖到腳邊、甩到地上。

卡斯爾正在為他們表演一個火焰亂飛的小魔術，他的魔杖幾乎沒怎麼動，但那一團小小的、火紅裡夾雜著橙色的火焰圍繞著他和幾個小孩子亂飛，火星卻一點都不會沾到身上，看上去簡直像是有生命一樣。

孩子們被逗得哇哇亂叫，不停的伸手要去摸那個小火團，但卡斯爾總是在他們碰到被燙傷前，就讓小火團飛得遠遠的，然後看著跳來跳去的小孩子笑起來。

菲莉亞愣了愣。

這個場景讓她想到了三年級的時候在精靈之森的事，那個時候卡斯爾也是這樣被年幼的精靈包圍著，只不過那時他是在發糖給他們，而不是把玩魔法。

——卡斯爾學長果然不管是誰都可以吸引，成年人或者小孩，人類或者精靈……會不會連魔族都會自動被他的人格魅力折服呢？

菲莉亞不禁這麼想著。

這時，感覺到有一道視線，卡斯爾手中的動作一頓，向樓上望了過來。

也許是因為陽光的顏色太亮了，不知怎麼回事，即使隔著兩層樓，菲莉亞覺得自己仍然分辨出了卡斯爾學長眼眸中的金色。

看見是菲莉亞，他露齒一笑，愉快的朝她揮手。

「喂，菲莉亞——」他朝樓上喊道，「下來一起玩啊？」

猶豫片刻，想到自己有些在意的事也想問一下卡斯爾學長，菲莉亞點了點頭。

兩、三分鐘後，她跑到了樓下。

卡斯爾身邊原本相當擁擠，看到菲莉亞下來，他用小火球畫了個大一點的圓弧，孩子們立刻追著火球跑開，給菲莉亞騰出一個可以靠近的位置。

「喲，早安，菲莉亞。」

卡斯爾爽朗的又打了個招呼。隨即想了想，他從口袋裡摸索片刻，示意菲莉亞伸出手，然後將一顆糖擺在她的掌心裡。

菲莉亞：「……」

她望著糖呆了呆，連這個細節也和幾年前一樣……就像卡斯爾學長自己說的一樣，他是真的很喜歡甜食啊。

「妳最近起得好像比平時早啊，菲莉亞。」望著在另一邊和火球玩耍的小孩子，卡斯爾看似隨意的說道。

「嗯？嗯……」菲莉亞愣了愣。

的確，從愛神節之後，她有點不想睡覺，晚上要抱著鐵餅滾好久才能睡熟，早晨只要有一點光就會醒來。

那天她雖然沒有完整清楚的把表白說出來，但菲莉亞隱隱覺得歐文應該聽明白了才對，畢竟他那麼聰明，還親了自己的臉頰……

想到那個吻，菲莉亞就覺得面頰發燙，但又十分不安。

像歐文這麼溫柔的人，想必拒絕也不會直白的說出來……

要不是歐文早就和卡斯爾學長請過假說家裡有事的話，菲莉亞幾乎都要以為歐文是為了躲她才暫時逃走——這就是個委婉的回絕了。

由於胡思亂想很多，睡眠又不好，菲莉亞這幾天稍微有點精神不濟。

但她沒想到卡斯爾學長竟然會注意到這些……難道說，他平時就很關注勇者團隊成員的作息嗎？

——果然不愧是卡斯爾學長啊……

菲莉亞夾雜敬佩的想著。

想了想，菲莉亞還是開口問道：「那個，卡斯爾學長，歐文他……」

「他是因為家裡有個關係很親密的親戚生病了，所以才回去的。」彷彿預料到菲莉亞要說什麼一般，還沒等她將詢問的話說完，卡斯爾已經自然的回答，「他是在離開前一週向我請假的，說會在期末考試前回到冬波利，到時候妳們直接在那裡和他會合。哈哈哈！雖然這樣做大概不太好，不過我答應了幫他隱瞞實習期間中途離開的事。」

卡斯爾摸了摸自己的後腦杓，「別的事情，我也不太清楚了。」

聽到卡斯爾學長這麼說，菲莉亞稍微有點失望，神色微微黯然。

卡斯爾又「哈哈哈」的笑了幾聲，然後目光重新放到菲莉亞身上，猶豫了片刻，他抬手用力揉了揉菲莉亞的頭，將她深棕色的頭髮弄得亂糟糟的。

菲莉亞迷茫的抬頭。

「哈哈哈哈！不要這麼沮喪嘛！」卡斯爾笑著說道，「又不是見不到了，你們畢業考試只有一個月就要到了吧。」

「紅頭髮哥哥！火球快要掉下來了！再讓它飛高一點啊！」

遠處傳來孩子們的驚呼聲。

「啊，抱歉！」

卡斯爾有些慌張的猛地收回了放在菲莉亞頭上的手，連忙用力擺了擺魔杖，那個快落地的小小火團又飛了起來，在空氣中有節奏的跳躍，小孩子們這才心滿意足的繼續追著火團滿地跑。

看著他們跑來跳去相當活潑的樣子，卡斯爾不客氣的哈哈大笑。

菲莉亞卻不自覺的在原地發起呆來。

——現在才三月初，等回到冬波利，還要好久啊……

老實說，菲莉亞現在有種既想見到歐文，又怕見到他的感覺。

目前在等待明確的答案雖然有些煎熬，可她更害怕被明確的拒絕。萬一被拒絕的話，說不定他們連當普通朋友都會尷尬，不知道以後還不能像以前說的那樣，加入同一個勇者團隊一起實習……

說起來，為什麼歐文沒有詳細的告訴她到底是什麼親戚、什麼病症呢？他們之間明明什麼都說的……

菲莉亞的腦海中莫名的閃過一絲疑惑。

她已經見過了歐文的父母，英俊卻幽默的父親和颯爽卻優雅的母親。小時候她還沒有概念，但現在想想，那兩個人確實氣質相當出眾，有一種名門古老家庭出來的氣氛，歐文自己也承認過，他的父母是有名望的魔法師。

但是……

為什麼姓哈迪斯的、歷史悠久又有名的魔法師世家，她卻從來沒有聽說過呢？

不只是她，學校裡其他來自風刃地區的同學似乎也沒有因為歐文的姓氏對他有過特別的優待。好像這個家族包括歐文本人在內都極為低調，低調到和隱形了一樣。

歐文平時也很少提自己家裡的事情，除了父母，菲莉亞只知道他沒有兄弟姐妹，是獨生子，而有沒有其他親戚就一無所知。

仔細一想，菲莉亞忽然發現，歐文對她的瞭解，恐怕遠比她對歐文的瞭解要多得多。

想到這裡，菲莉亞突然有些微妙的難受。

——要不，到圖書館裡去查查看有沒有關於哈迪斯這樣的魔法世家的記錄吧？應該不會有哪裡的魔法師資料比魔法師之塔裡更詳盡周全了……

「菲莉亞！」

卡斯爾喊她名字的聲音打斷了菲莉亞的思路，毫無心理準備的菲莉亞嚇了一跳，身體不自覺的顛了一下，她略微整理一下神智，才重新清醒過來。

見菲莉亞的表情儘管還有些茫然，但思路好像回來了，卡斯爾這才抓了抓自己的頭髮，說道：「嗯……是這樣的，菲莉亞，我在想也差不多該和妳們商量回去的事了。」

「回去的事？」菲莉亞眨了眨眼。

「對。」卡斯爾點點頭，然後說道：「你們四月份就是畢業考試了，從西方高原回去應該會比過來的時候耗時短一些，但路途畢竟有點遠，需要提前預留充足的時間。再說，再過一段時間，西方高原和王國之心之間說不定就要迎來雨季了，雨季的時候最好不要上路，會很危險，即使勉強行走也會相當費時，我們最好趕在雨季之前離開西方高原。唔，要是提前幾天到的話，我們可以再接幾個王國之心的小任務打發時間。」

說到這裡，卡斯爾露出有些愧疚和不好意思的表情。

「抱歉，我本來希望至少能完成一個比較大的懸賞任務的，看來有些高估自己了……這麼長時間一直留在這裡抓不法商販，妳們肯定覺得有些無聊吧？」

沒想到卡斯爾學長竟然是這麼想的，菲莉亞連忙否認道：「不，怎麼會！魔法師之塔和這附近都很有意思……」

其實他們並不算一無所獲，這幾個月裡他們抓到的不法商人數量不少，換取的賞金除了維持日常用度以外，還有一些盈餘。

奇怪的是，這些不法商人裡竟然有不少是偽裝成人類的魔族。另外，最近半個月來，強盜團不知怎的忽然銷聲匿跡了，搞得所有盯著他們的勇者團隊都有點迷茫，明明沒有他們被剿滅的消息傳出來。

由於這個原因，菲莉亞他們近半個月也沒什麼收穫。

不過菲莉亞很清楚，即使是像卡斯爾這樣最優秀的學生，在剛剛建立勇者團隊的一開始也是不可能太順利的，不管是誰都需要積累更多的經驗和名望，才能成為真正優秀的勇者。

作為剛剛誕生的勇者團隊，他們的表現已經很不錯了。

聽到菲莉亞這麼說，卡斯爾重新笑起來，「哈哈哈！謝謝妳，菲莉亞。」

卡斯爾下意識的抬起了手，菲莉亞感覺他好像又想摸她的頭，但不知怎的，他剛剛將手抬起，僵了僵，又收了回去，轉為拍了拍她的肩膀。

「我也會和瑪格麗特商量這件事的，不出意外，這個星期我們就啟程回王國之心吧！」卡斯爾道，「唔……那剩下幾天就一直放假好了，這段時間辛苦了，菲莉亞！還有……」

他停頓了一下。

「雖然這幾個月沒讓妳看到什麼特別能幹的畫面，不過……」卡斯爾笑了笑，「我還是希望妳能考慮一下畢業以後加入我的團隊。」

早晨的太陽一點點向天空上方延伸，不過由於是在空氣稀薄的高原，它的光芒似乎比平時更亮幾分，一道道閃光的金線從空中投射下來，眼前的卡斯爾彷彿被照在金色的網中。

菲莉亞愣了愣，她沒有想到卡斯爾會說到畢業後去留的問題。

老實說，在她看來，卡斯爾一年裡的表現已經很好了，他冷靜有序的收集最多的情報，並且以領導者的身分帶領他們，不至於讓他們感到沒有頭緒。反倒是她自己，一年裡除了打暈幾個沒有戰鬥力的魔法師商人，就沒做什麼事了。

「我、我會考慮的！」菲莉亞努力道，「但是……」

「哈哈哈！還要考慮歐文的意見是嗎？」卡斯爾好笑道，「我也會去徵詢他的意見，但願他也願意考慮一下。唔……還是等回到了王國之心再說吧，反正放假了，妳好好休息幾天吧。」

菲莉亞實際上並沒有特別累，她的體力還算不錯。不過，既然要離開的話，她得和南茜說一聲才行，也不知道南茜準備什麼時候去王國之心考試。

愛神節過後，菲莉亞還沒有去找過她，這次恐怕會被拷問了。

想了想，菲莉亞還是決定去魔法師之塔，於是向卡斯爾學長禮貌的道別後，就朝魔法師之塔的方向離開。

菲莉亞離開後，卡斯爾還留在原地。

他遲疑的將手放在自己的胸口，感覺到裡面仍然難以平復下來的心跳，苦笑了一下。他並沒有介入一對明顯互相有好感的男女之間的意思，但這份感情比他想像中來得強烈，成長得也比他預計的要快。

——這可不太好啊。

卡斯爾無奈的笑了笑，並且拿拳頭用力捶了一下自己的心臟。

然而，這並沒有讓它慢下來。

第十章 請妳，不要忘記我

菲莉亞來到魔法師之塔的時候，這裡看起來和平時並沒有什麼區別。

來自大陸各個角落的魔法師聚集於此，又分散在塔的各處，尋找自己需要的知識或者觀測天空，甚至還有不少尚未到入學年紀的小魔法師學著大人的樣子坐在地上，板著臉一臉認真的看著書。

魔法師之塔的魔法師基數龐大，他們之中又有不少人傾向於把孩子留在西方高原的魔法師學校，或者乾脆以師徒的方式親自教導，因此受外界的影響並不大。不過，塔內雖說人數不少，卻相當安靜。

菲莉亞穿過幾排書架走到樓梯口，跟往常一樣上了五樓，南茜經常會在這一層看書；如果她不在五樓的話，就要到十四樓去，或者直奔頂樓了。

幸好，今天菲莉亞剛在十四樓轉了一會兒，就看到心不在焉靠在某座書架一側的南茜。她捧著一本非常厚的大書，但顯然並沒有在看書，而是在發呆，因為菲莉亞發現她的眼神飄忽不定，而且這本書拿反了。

「南茜？」菲莉亞喊了她一聲。

對方似乎由於忽然聽到自己的名字而嚇了一跳，身體一抖，這在沒心沒肺又大膽的南茜身上算是很罕見的反應。她愣了愣，才轉過頭來。

「菲莉亞？」看到是菲莉亞，南茜還是表現得很高興的，「妳這個傢伙！怎麼這麼久沒有來了？」

她把本來就沒有在看的書一合，隨手丟在一邊，那本書自己浮起來，回到它該在的位置去了。

南茜走近菲莉亞，很男孩子氣的用拳頭砸了一下菲莉亞的肩膀，不過魔法師的力氣對菲莉亞來說實在不夠看，她一點都不覺得疼。

「說真的，妳要是再不來找我，我可就要出塔去找妳了！」南茜直白道，「怎麼樣？愛神節，妳對歐文表白了嗎？」

菲莉亞猶豫了一下，還是點了點頭。

南茜頓時精神一振，越發用力的狂拍菲莉亞的肩膀，兩眼發光道：「這麼說，妳這傢伙現在有男朋友啦？」

菲莉亞倒是不介意被拍，但聽到南茜的話，她神色不禁略有幾分黯淡下來。

「……沒有。他說畢業考試結束之後，再給我答案。」

「誒？！」

於是，菲莉亞將那天發生的事概括的告訴了南茜，接著便忐忑不安的等對方的反應。

老實說，由於對目前的狀況太沒有底氣了，菲莉亞是很希望得到一些建議的，而在她比較熟悉的同齡人裡，唯一一個談過戀愛的就是南茜。

誰知南茜竟然生氣了：「他竟然還說要考慮一下！想不到這傢伙不只樣子長得娘，個性也那麼娘！我還以為他是個乾脆的傢伙呢！菲莉亞，那就算了，妳把歐文甩了吧！」

菲莉亞：「……誒？！」不至於吧……Σ(っ°Д°;)っ

南茜豎起食指，十分正義的分析道：「歐文那傢伙明擺著就是喜歡妳，卻不立刻答應，還要把時間拖到畢業考試結束之後，話裡有話不好好說清楚，優柔寡斷！一點男子氣概都沒有！還把家裡的事優先擺到妳前面，怎麼看都沒有把妳放在第一位啊！這種男孩子怎麼能夠當男朋友！」

雖然南茜的氣勢很強，但菲莉亞還是努力辯白道：「可、可是他家裡好像真的有急事，所以可能沒法好好想吧……」

見菲莉亞還替歐文說話，南茜簡直恨鐵不成鋼了，她忍不住又拔高了嗓音：「什麼家裡的事能比妳表白重要啊？！他又不可能是個王子什麼的！」

「好像是有很親近的親戚生病了……」菲莉亞始終覺得南茜的看法有些極端，況且她當時看歐文慌張不定的神色，那位親人的情況說不定真的很不好。

南茜並沒有讓菲莉亞插話的意思，她繼續說道：「傑瑞可是一次都沒有把別的東西放在我前面過！如果換作是傑瑞的話，他肯定——」

南茜的話停住了，她就像嗓子突然被一雙隱形的手掐住一般，身體十分僵硬。接著，她的肩膀彷彿失去了支撐的力道，頹然的垮下來。

菲莉亞擔憂的看了她一眼。

雖然是南茜主動和傑瑞自然分手的，但她自己似乎還沒有走出來。

想了想，菲莉亞換了個話題：「那個……南茜，其實我今天是來向妳道別的。卡斯爾學長說我們應該考慮回程了，不然可能會趕不上期末考試。」

「誒？這麼早？」南茜吃了一驚，勉強打起精神問道：「你們什麼時候走？」

「學長說就這週吧，再不走可能要碰上雨季了。」菲莉亞簡明扼要的解釋了一下，頓了頓，繼而問道：「南茜，那妳呢？」

南茜也是要參加期末考試的，不可能留太久。儘管一個人上路的魔法師或許能藉助魔法讓腳程快一些，但也不可能快太多。

聽到菲莉亞的這個問題，南茜苦惱的抓了抓頭髮。她原本是一頭相當乾淨俐落的齊耳短髮，但因為好一陣子沒剪的緣故，比原本在王國之心的時候長了不少。

「我不知道，但我現在還不想回去。」南茜不耐煩的說：「嘖……妳不要管這些！我對路熟得很，回去肯定比你們快，我知道考試是什麼時候，不會錯過的！」

說著，南茜自己把頭髮揪得一團亂。

「煩死了！早知道就不應該跑到王國之心去上什麼學！否則就沒有這麼多事了！嘖……

要是畢業考試的時候又碰到傑瑞……明明都快要一年沒有聯繫了……」

菲莉亞不太確定自己是不是聽錯了，南茜的聲音裡竟然隱隱夾雜著一絲崩潰的哭腔，她果然還是很喜歡傑瑞。但他們這一屆一共就五十幾個學生，畢業考試肯定大家都會見面，南茜不可能不碰到傑瑞的。

正當菲莉亞考慮著是否要安慰一下南茜，還是告別離開讓她一個人安靜一下的時候，一樓忽然傳來大門被撞開的聲音，接著便是一陣喧鬧，在本來相當安靜的塔裡，這樣的吵鬧聲顯得分外突兀。

魔法師之塔每一層的高度都相當高，都夠從底樓傳到五樓的響動，可見相當厲害了。

菲莉亞愣了愣，南茜也一樣，她暫時停下隱約帶有哭腔的抱怨，紅著眼眶皺了皺眉頭，說道：「是誰啊？竟然在魔法師之塔裡弄出這種噪音……」

「南茜！南茜！」

這時，樓下傳來了相當響亮的喊聲在叫她的名字，南茜頓時瞪大了眼睛。

菲莉亞也很吃驚，她們兩個對視一眼，都飛快的跑到欄杆邊往下看去。

由於動靜實在太大了，不只是她們，從二樓到十幾樓都有人把頭探出來往下看，一群八卦的魔法師一圈一圈圍繞著塔中心的天井，場面相當壯觀。

闖進來的是個橫豎都很壯碩的重劍士，他雖然約莫只有十六、七歲，但體格相當健壯，幾乎有三、四個成年男性魔法師那麼壯，他從脖子到小腿都是鼓鼓囊囊的肌肉，能看得見彈跳的血管；皮膚被太陽曬成古銅色，看上去極為有力，完全是魔法師的反面，是海波里恩崇尚的陽剛。

不過，他看上去十分狼狽，不知是不是不眠不休的登上了米斯特里峰，他的眼裡布滿血絲，臉色憔悴。而且這個重劍士的表情看起來相當無措，他與自己身處的魔法師之塔格格不入，因此十分迷茫。他仰著頭，視線在一個個人頭上焦慮的辨識著，好像在找什麼人。

「傑瑞！他怎麼在這裡？」

南茜低呼一聲，菲莉亞感覺到她緊張的用力握住了自己的手。

「南茜！我來找妳了，南茜！妳在哪裡啊！南茜！」彷彿感覺到什麼，傑瑞越發扯開嗓子大聲的吼道，他近乎嘶吼的聲音在塔中迴盪。

「南茜」這個名字頓時貫穿整座魔法師之塔，這下連二、三十樓乃至更高的在觀星的人都感覺到動靜了，紛紛探出頭來，還有人堵在樓梯上拚命朝下看。

南茜再也忍不住，她的淚水奪眶而出，發瘋似的將半個身子探出欄杆，大聲喊道：「傑瑞！跑到這裡來幹什麼！你這個白痴！！！」

南茜的身材雖說在魔法師裡完全算是強壯型的，但跟大部分的勇者來比還是很瘦，現在又夾在一堆人群裡，實在不算很顯眼，但傑瑞還是一眼就看到了她，頓時張大了嘴，野獸一般吼道：「南茜！」

「傑瑞！」

「南茜！！！！！」

「傑瑞！！！！！」

兩個人隔著五層樓的高度互相大聲呼喊著名字，完全無視數十層的圍觀群眾。

大概喊到第十幾輪的時候，傑瑞忽然頓了頓，繼而大聲道：「南茜！我決定了！畢業以後，我、我要和妳一起住在塔裡！以後就在這裡不走了！妳在哪裡我就在哪裡！我喜歡妳，南茜——南茜！我、我愛妳！！！」

菲莉亞感覺到南茜整個人因為激動而戰慄，她鬆開了菲莉亞的手——或許也可能是她已經完全忘記菲莉亞和其他人的存在了——然後撐起身體，幾乎完全探出欄杆外，吼道：「你一個重劍士留在這裡有個鬼用啊！傑瑞你這個白痴！蠢貨！還有，你聽好——我！也！愛！你！給我接好了！混蛋！」

說完，南茜在眾人的驚呼中縱身一跳，菲莉亞嚇得要抓住她的魔法袍，但她的衣襬卻從菲莉亞的指尖滑走了。

傑瑞低吼一聲，張開雙臂俯衝過去，一把將下落的南茜撈在懷裡！

然後，兩人緊緊相擁。

▶◇◀◎▶◇◀

等到菲莉亞向南茜告別的那一天，南茜已經重新和傑瑞摟在一起親親抱抱，像是連體嬰一樣根本分不開了。

因為站在傑瑞身邊，南茜看上去實在很小，她被傑瑞撈在懷裡的時候，看上去簡直是樹上停了隻鳥。

「抱歉啊，菲莉亞，看來失戀的只有妳一個人了哈哈哈哈！」南茜滿臉甜蜜的被傑瑞摟在懷裡，她的臉貼在對方健碩的胸肌上，「我們已經決定畢業以後要兩個人一起四處旅行遊蕩了，啊哈哈哈！果然外面的世界比米斯特里峰這個鬼地方有趣多了，還可以順便當作長時間的度蜜月嘛。哎呀，我真是迫不及待要告訴貝蒂和凱麗這個好消息了，瑪格麗特那裡麻煩妳幫我通知一下呀！」

菲莉亞：「……」

嘆了口氣，菲莉亞繼續行走在下山的道路上。

因為歐文還沒有歸隊的關係，他們的勇者團隊只剩下三個人。卡斯爾學長走在最前面領頭，瑪格麗特又不是很想說話，因此隊伍顯得相當安靜。

「哈哈哈，抱歉，路上是會有些無聊。」見菲莉亞精神不太好的樣子，卡斯爾特地轉過頭來安慰她，「稍微忍耐一下吧，等到下個城鎮就會熱鬧一點了。」

菲莉亞注意力並不是很集中的點點頭。

等三個人回到冬波利學院，已經是四月初了。

時隔一年，卡斯爾又一次出現在學校附近，幾乎立刻引起了轟動，不只學校附近的商鋪店員熱情的向他打招呼，不少沒機會見到卡斯爾的低年級生都紛紛慕名跑來圍觀。

卡斯爾回來的消息一傳十、十傳百的傳遍了整個冬波利鎮，沒多久就差不多所有人都知道了。

「卡斯爾！小子，好久不見了！拿著這個！」

水果店的老闆特別熱情的從攤子裡丟出一顆又紅又大的蘋果，卡斯爾笑著抬手接住。

「哈哈哈，謝啦！」

卡斯爾倒也沒有客氣，直接將蘋果在衣服上擦了擦，就咬下一大口。

菲莉亞路過武器店門口時，倒是不得不縮在卡斯爾和瑪格麗特的另一邊，害怕被武器店老闆看到，畢竟她已經不用鐵餅好多年了。

武器店老闆向卡斯爾打招呼的時候，菲莉亞心臟都快要蹦出來了。

三人走到學校門口，看到久違的學校大門，菲莉亞總算放鬆的舒了一口氣。許久沒有回來，這裡有一種格外令人安心的感覺。

不過，等著看卡斯爾的低年級生也更多了，時不時有矮小的一、二年級生探頭探腦，還裝作是偶然路過的樣子。

儘管菲莉亞沒有特意去聽，但還是不小心聽到了一些他們的對話。

「那個紅頭髮的就是卡斯爾嗎？」

「沒錯，就是他！」

「那他身邊那兩個學姐就是他新招募的勇者團隊隊友了？好羨慕啊，我也想加入卡斯爾的勇者團隊。」

「別肖想了，她們可是前年學院競賽的第一名和第三名……你看到那個棕色頭髮的學姐了嗎？她就是那個在新生測試上用鐵餅砸爛了牆，但卻不顧老師勸說仍然堅持要用重劍的學姐！」

「天吶竟然是她！好厲害！自從聽說用鐵餅鍛鍊超級好之後我就一直在練，但是一直用不好，我也好想像學姐一樣用鐵餅砸爛牆啊……」

聽著聽著，菲莉亞忍不住有點臉紅。

事實並不是這樣的，但她又不能上前去糾正，還要忍著被誇……

卡斯爾好像也聽到了他們的對話，因此大笑了幾聲，說：「那我就送妳們到這裡了，接下來我也要回去看看我的爸媽。到時候，如果妳們還是願意和我並肩作戰的話，就來王城找我吧。我會一直等妳們的消息。」

瑪格麗特考慮了一下，點了點頭道：「嗯，我知道了。」

「我也是。」菲莉亞連忙跟著回答。

卡斯爾走後，瑪格麗特看了眼越發心不在焉的菲莉亞，「走吧，我們先回宿舍。」

一年沒有回來，宿舍裡面積了不少灰。雖然提前回來的室友已經打掃過一些公共區域，但是菲莉亞自己的房間還是一團亂，於是她一進房就一直在收拾。

溫妮早就實習回來了，她這一年似乎是去了南方，比之前曬黑不少。一看到瑪格麗特，她就兩眼淚汪汪的撲上去，像是要檢查大小姐的頭髮有沒有少似的。

「那個……溫妮。」菲莉亞好不容易打掃好房間從裡面出來，最終還是忍不住向拉著瑪格麗特說個不停的溫妮提問：「妳知不知道……歐文回來了沒有？」

「歐文？」溫妮眨了眨眼睛，「他不是和妳們一起實習的嗎？」

「嗯，但中間分開了……」

聽菲莉亞大致解釋之後，溫妮聳了聳肩，顯然對這個話題並不是很感興趣，她道：「歐文回來了的話，第一件事肯定是來找妳吧？妳不用擔心這個呀。」說完，她又轉回去繼續拉著瑪格麗特的胳膊說話了。

菲莉亞愣了愣。

沒錯，歐文往年的確會在第一時間過來找她，但今年……

——說不定不會來了吧。QAQ

▶◇◀◎▶◇◀

由於菲莉亞她們回來的時間已經不算早了，之後的幾天，剩下的準畢業生們也都陸續歸來，大家都在抓緊最後相聚的時間玩鬧和交流畢業後的計畫。

菲莉亞因為歐文一直沒回來的關係，始終有些心神不寧，對室友們分享的實習趣聞也沒有在意。她隔幾天就會偷偷跑一次男生宿舍，但歐文的室友都說他還沒有回來。菲莉亞不禁有幾分沮喪，但同時又有些擔憂，害怕歐文家裡出了變故於是趕不上期末考試。

轉眼，就到了畢業考試的日子。

五十幾個畢業生聚集在布置得相當豪華的禮堂裡，場面十分隆重。

先是冬波利學院的校長講話，接下來是他們這個年級的負責人漢娜教授解說畢業考試的安排。菲莉亞早就在學生手冊上瞭解過畢業考試的事了，因此並沒有認真在聽。

她的視線時不時飄向另一邊，歐文的五個室友中間空出了一個位置，歐文似乎還沒有回來，其他人也都有些焦急，一直往入口的方向探頭探腦。

忽然，漢娜教授話語一頓，停了片刻，說道：「接下來，請大家按照學號過來抽籤，決定畢業考試的團隊和考題。」

要開始了！

歐文還沒有回來，菲莉亞心中焦急。

畢業考試是以八人到十人的團隊為一組，合作到學院森林裡去完成試煉，一般需要五到十天才能完成，要是這個時候遲到沒能趕上考試的話，說不定會被延遲畢業。

學號在前面的學生已經上去抽籤了，他們速度飛快，不一會兒就已經輪到了十幾號。

終於，在這時候，歐文匆匆闖了進來，他看上去趕回來得很急，剛剛才到學校的樣子，額頭上都是汗水，衣服也有些灰塵。

歐文一到，立刻被他的室友抓過去打了幾下，菲莉亞亦好不容易鬆了口氣。漢娜教授淡淡的往那裡看了一眼，並沒有說什麼，只是繼續報學號。

很快，學號就報到了菲莉亞。她連忙走上去，從漢娜教授跟前的箱子裡摸出一個號碼，四號。

分好組的人都在一旁等著了，貝蒂也是四號組，看到菲莉亞，高興的把她拽到一邊。

不久後，輪到歐文。

由於出了汗，歐文有些較長的金髮都貼在脖子上，或許因為是冰系魔法師又出生在風刃地區的關係，他的皮膚比大部分勇者要白，從菲莉亞的角度看去，簡直有種半透明的感覺。菲莉亞一愣，忽然有些不安，不知怎的，他總覺得歐文隨時會消失。

在大家的注視下，歐文從箱子裡摸出號碼，然後走向了二號的團隊，和菲莉亞的四號之間隔了一個號碼。

又是一個變故。

菲莉亞忍不住感到哪裡更加怪異，她從入學起，幾乎什麼活動都是和歐文在同一組的，連隨機分組的時候，他們也總在一起。

原本菲莉亞以為這是運氣好的關係，漸漸也習慣了，然而畢業考試卻突然分開……她覺得有什麼地方不對勁，卻又說不上來。

分組完畢，漢娜教授再次打量了一下新出現的幾支畢業生的隊伍。這些十五到十七歲的孩子們看上去都比過去成熟得多，在冬波利六年的教育和磨練讓他們成長起來，現在這些年輕人的眼睛裡都有自信、勇氣和執著……

漢娜扶了扶眼鏡。這是一屆不錯的學生，按照她的估計，應該不會有不及格的人。

略頓幾秒，她開口宣布道：「這將是你們在冬波利經歷的最後一場冒險，希望你們都認真對待，不要因為快要畢業了而鬆懈。現在，啟程吧！」

一共六隊學生紛紛有序的離開，他們都很熟悉去學院森林的路，而且大部分人都對畢業考試感到興奮和激動，迫不及待的要展示一下自己六年來的成績。

但是，由於一直沒有和歐文對上視線，菲莉亞的情緒頗為低落。

「菲莉亞，還站著做什麼？走吧！」貝蒂見菲莉亞好像在發呆，伸手拽了她一下。

「……」

「菲莉亞！」

「嗯！」

▶◇◀◎▶◇◀

剎那間，銀光一閃，菲莉亞的重劍劍背狠狠的敲在他們這一隊這次的目標——一頭白斑巨齒虎的身上，巨齒虎淒厲的吼了一聲，乖乖的伏在地面上認輸。

冬波利學院森林裡馴養的野獸不少都很珍稀，為了避免不必要的傷亡，牠們之中智商比較高的類型都經受過及時求饒的訓練，知道打不過就認輸的道理。

看到巨齒虎認輸，同隊的隊員都鬆了口氣，原地歡呼起來。

「太棒了，菲莉亞！多虧妳在！」

「感覺和妳同一隊，我們只要在旁邊看著就能通過考試了，哈哈哈！」

貝蒂也從樹上爬下來，將弓箭收回身後，拍了拍菲莉亞的肩膀，稱讚道：「妳對力道的控制已經相當不錯了啊。」

她之前還有點擔心菲莉亞會失手把白斑巨齒虎打死呢。

菲莉亞今天被誇獎了好多回，因此臉頰微紅。

她的目光慢慢地飄到巨齒虎身上，巨齒虎是學院森林裡飼養的比較聰明的動物，而且和別的虎類不同，牠相當溫順，是非常理想的當學生勇者練習的對象。

由於知道戰鬥結束的關係，巨齒虎放鬆下來，坦率的翻過身露出肚皮，此時牠正被幾個學生撓肚子上的毛，然後舒服的發出咕嚕聲。

——所以，這就是最後了嗎？

真的即將畢業，菲莉亞忽然有種不真實的感覺。

然而她的行李已經全部收拾好了，就放在寢室裡，等畢業考試完成再休息最後一晚，明天就能啟程回王城。

以後，說不定很少會再來冬波利了。

離開森林的路程比來時輕鬆，因為沒有要考試的壓力，而且不需要打一些小型的野獸，只花了一天不到時間，他們就到了森林和學校交接的地方。

已經能隱隱看到有等候離場學生的燈光，貝蒂忽然拉住了菲莉亞，說道：「我畢業以後也準備到王城去謀出路，到時候，妳來找我玩吧。」

菲莉亞一愣，她和貝蒂的關係在宿舍裡不算最好，因此沒想到她會忽然跟她講這些。說起來，跟貝蒂關係最好的南茜準備和男朋友一起去環遊大陸了，凱麗要回老家，之前和她們關係不錯的麗莎大部分時間都不跟宿舍裡的人來往，雖然貝蒂平時總是表現得相當冷靜，又是她們宿舍裡比較聰明的一個，但這個時候，說不定她也覺得無助吧。

想了想，菲莉亞用力點了點頭。

走完最後一段路，隊友們互相告別，早已等候著的任課教師們為他們頒發作為畢業證明的徽章和證書。

菲莉亞是從她的專業指導老師尼爾森教授手上拿到徽章。

尼爾森看著今年已經十五歲的菲莉亞，欣慰的用厚重的大掌拍了拍她的肩膀，繼而抬手擦了擦眼角。

「恭喜妳畢業，菲莉亞！」尼爾森教授無限感嘆，「離開學校以後，就要靠妳自己了。記得好好保護自己，偶爾也寫信給我們報個平安吧。」

聽到尼爾森教授沉重的聲音，菲莉亞也覺得眼角隱隱有淚意，只好抿著脣用力點頭。

其他教授也多半和自己親自教授的專業課的學生感情會比較深，他們彼此都在進行最後的交流。

尼爾森教授和希勒里教授都是比較容易動情的類型，尼爾森教授叮囑另一個強力量系學生的時候，菲莉亞就看見希勒里教授摟著自己的兩個魔法類畢業生哭得稀里嘩啦的。

漢娜教授比較冷靜，只是按部就班的最後一次點評幾個常規武器學生的弱點和優勢。

出人意料的是，伊蒂絲教授竟然也在。

因為之前伊蒂絲教授性格有變化的時候，菲莉亞這一屆的人幾乎都不在學校裡學習了，所以他們的印象還停留在伊蒂絲教授肯定會因為嫌麻煩而拒絕出席的階段。

這一隊裡，伊蒂絲的學生只有貝蒂一個，她正一邊撥弄著那一頭漂亮的紅色大捲髮，一邊微微低頭和貝蒂說著什麼。

而查德教授湊巧沒有負責的學生在這一組裡，因此在其他人敘舊的時候，他只好一個人坐在一邊，偶爾看一眼伊蒂絲的方向。

「這是第二支完成考試的隊伍吧？」

等漢娜那邊交代完，菲莉亞聽到查德輕聲對她說：「還剩下四支隊伍嗎……」

漢娜略一點頭，頓了頓，說道：「嗯，說起來，上一隊的歐文……」

菲莉亞的耳朵不自覺的豎了起來。

「他總算發揮出入學考試時的水準了。」漢娜教授嘆了口氣，「不過，不知道為什麼，那個學生總讓我有點不安……就那樣讓他畢業真的好嗎？明明只是在學校裡也要隱藏實力，這種城府是不是……」

查德教授這種時候總是很護短，他堅持道：「心思細膩一點的勇者不是壞事！現在就算是在勇者之間也有很多競爭的……」

「好吧，既然你覺得那是個心思純良的孩子……但願如此。」

漢娜和查德只是說了幾句就停下來，這讓菲莉亞多少有些失望，不過至少說明歐文已經出來了。菲莉亞原本還打算要是歐文這幾天都沒出來的話，她就繼續住在宿舍裡等。

最後擁抱了尼爾森教授後，菲莉亞他們從森林邊的教授休息室裡出來，再次道別。

貝蒂說要趕在天黑前買點東西，於是菲莉亞一個人往宿舍走去。然而，就在她看到宿舍大門的時候，腳步卻頓住了。

宿舍大門前，站著一個人。

即使不用靠近，光憑對方修長的身形，菲莉亞也能判斷出那是歐文。

橙紅色的夕陽已經落在了地平線下，將半邊雲彩染得通紅，餘暉灑在大地上，歐文看上去似乎只是斜暉中的一部分。

在菲莉亞看見歐文的時候，歐文也聽見了她的腳步聲，於是慢慢的轉過頭來。

歐文感覺到自己的心臟跳得很快。

菲莉亞顯然是剛考試結束回來，她身上還穿著鎧甲，臉上還有一些不小心沾上的泥巴，柔軟的棕色頭髮亂糟糟的披在肩上，有些還掉在了面頰上。然而，不知道怎麼回事，就連這麼狼狽的樣子，歐文也覺得她可愛到可以拯救世界。

於是他心跳更快了，掌心冒出冷汗，身體還有些微微發抖。

上一次看到菲莉亞，是在期末考試分隊時的禮堂。當時菲莉亞或許沒有感覺到，但他其實始終沒有將視線離開她身上。

在艾斯的那幾天，歐文做出了決定。而這個決定意味著他也許在接下來很長的一段時間內，都不會再有機會見到菲莉亞……

現在，是踐行的時刻了。

定了定神，歐文緩步向還僵在原地的菲莉亞走過去。

「那個……菲莉亞。」

聽到歐文喊自己的名字，菲莉亞下意識的抖了抖。她知道自己快要得到答案了，心臟不受控制的被無形的手提起。

她簡直有一種想閉上眼睛逃避的衝動，然而，還沒等她做好準備，歐文已經走到了她的眼前。

看到歐文那雙漂亮的淺灰色眼眸裡閃動著隱約的為難，菲莉亞不禁有了不好的預感。

歐文摸了摸頭髮，視線卻始終落在菲莉亞身上，彷彿要將她的樣子完全記在心裡一樣。沉默了幾秒，他才開口道：「菲莉亞，抱歉……我不能和妳去同一個勇者團隊了。」

菲莉亞心中一涼。

——這算是……委婉的拒絕嗎？QAQ

「我家裡出了一些事，而且……其實因為某些原因，我本來就不可能畢業以後繼續留在這裡的。」

歐文盡量保持語氣平穩，但事實上，他根本無法控制自己的緊張。

因為之前自己的虛偽才會把事情變得這麼複雜，歐文已經決定以後不再對菲莉亞說謊。但是，現在大部分的事情都還不能那麼直白的告訴她……

頓了頓，歐文繼續說道：「……菲莉亞，實際上我父母一直從事著不能告訴別人的、比較特別的工作，接下來這項工作恐怕只能由我接班。之前和妳約定畢業後也要進同一個勇者團隊的事，是我太輕率了。本來我早就應該和妳說清楚的，可是因為害怕被妳討厭，所以一直瞞著沒有開口……我……很抱歉。」

菲莉亞愣住。

歐文的神情看起來比任何時候都認真，應該不是為了敷衍她才這麼說的。儘管知道歐文的家庭應該比較特別，但她也是第一次聽說這件事……

——原來如此，這樣就說得通了。

菲莉亞為之前在魔法師之塔裡一度懷疑歐文的家族感到愧疚，原來是不能告訴別人的祖傳的事，那就難怪幾乎沒有人知道「哈迪斯」這個姓氏了。而且，歐文以前對她都沒有說過這些話，想必他今天講出來的事情，本來都是不應該外傳的。

「沒、沒關係。」菲莉亞愧疚道。如果不是她做了讓人為難的事的話，歐文應該是不用把這些說出來的，他大概是真的很為難吧……

同時，菲莉亞的胸口又湧出一股失落。

既然歐文必須要回家鄉的話，她恐怕已經知道結果是什麼了。

菲莉亞聽見歐文接著往下說：「我大概今晚就會啟程回家，以後可能也不會有機會再寫信給妳了，我要去的並不是普通的信件能夠到達的地方……但是，菲莉亞，在離開之前，我還有一件事必須要告訴妳……」

兩、三秒的停頓後——

「我一直喜歡妳。」

完全出乎意料，菲莉亞吃驚的抬起頭。

下一個瞬間，她的臉頰被一雙冰系魔法師微涼的手順勢捧住，沒等她反應過來，嘴唇已經被吻住。

陌生但極為柔軟的觸感，讓菲莉亞的大腦頓時一片空白。

然而，蜻蜓點水般的吻只持續了幾秒。

待菲莉亞回過神來，地上的影子只剩下一道，那個金髮的男孩已經不見了。

她的腦海中似乎還留著他最後湊在她耳畔說的話的回聲——

「請妳，不要忘記我。」

《與魔族王子一起戀愛吧04告白準備》完

敬請期待更精采的《與魔族王子一起戀愛吧05》

天罪 NOVEL
夜風 ILLUST
打工勇者
END 07
輕小說黃金組合，
天罪＆夜風的幻想旋風！
親密伙伴背叛，魔王歐蘭茲吊打眾人！
少年的異界打工最終回——
我是即將封印魔王的人，就叫我勇者吧！
羊角
典藏閣
華文聯合出版平台 www.book4u.com.tw
采舍國際 www.silkbook.com
不思議工作室_
立即搜尋
版權所有© Copyright 20

飛小說系列178

與魔族王子一起戀愛吧 04

告白準備

出版者■典藏閣
作　者■辰冰
繪　者■凌夏
企劃編輯■多力小子
美術設計■Aloya
總編輯■歐綾纖
製作團隊■不思議工作室
郵撥帳號■50017206 采舍國際有限公司（郵撥購買，請另付一成郵資）
台灣出版中心■新北市中和區中山路2段366巷10號10樓
電　話■(02) 2248-7896　傳　真■(02) 2248-7758
物流中心■新北市中和區中山路2段366巷10號3樓
電　話■(02) 8245-8786　傳　真■(02) 8245-8718
ISBN■978-986-271-830-8
出版日期■2018年7月

全球華文國際市場總代理／采舍國際
地　址■新北市中和區中山路2段366巷10號3樓
電　話■(02) 8245-8786　傳　真■(02) 8245-8718

新絲路網路書店
地　址■新北市中和區中山路2段366巷10號10樓
網　址■www.silkbook.com
電　話■(02) 8245-9896
傳　真■(02) 8245-8819

☞您在什麼地方購買本書？☜

1. 便利商店（________市／縣）：☐7-11　☐全家　☐萊爾富　☐其他______________

2. 網路書店：☐新絲路　☐博客來　☐金石堂　☐其他____________

3. 書店（________市／縣）：☐金石堂　☐蛙蛙書店　☐安利美特animate　☐其他____

姓名：__________地址：____________________________________

聯絡電話：________________　電子郵箱：______________________________

您的性別：☐男　☐女　　您的生日：西元__________年__________月__________日

（請務必填妥基本資料，以利贈品寄送）

您的職業：☐上班族　☐學生　☐服務業　☐軍警公教　☐資訊業　☐娛樂相關產業
　　　　　☐自由業　☐其他____________

您的學歷：☐高中（含高中以下）　☐專科、大學　☐研究所以上

☞購買前☜

您從何處得知本書：☐逛書店　☐網路廣告（網站：______________）　☐親友介紹
（可複選）　☐出版書訊　☐銷售人員推薦　☐其他____________________

本書吸引您的原因：☐書名很好　☐封面精美　☐書腰文字　☐封底文字　☐欣賞作家
（可複選）　☐喜歡畫家　☐價格合理　☐題材有趣　☐廣告印象深刻
☐其他____________________

☞購買後☜

您滿意的部份：☐書名　☐封面　☐故事內容　☐版面編排　☐價格　☐贈品
（可複選）　☐其他

不滿意的部份：☐書名　☐封面　☐故事內容　☐版面編排　☐價格　☐贈品
（可複選）　☐其他

您對本書以及典藏閣的建議____

____

____

✌未來您是否願意收到相關書訊？☐是　☐否

✎感謝您寶貴的意見✎

印刷品

$3.5
請貼
3.5元
郵票
不思議信局
FUSIGI POST

235 新北市中和區中山路二段366巷10號10樓
華文網出版集團　收
（典藏閣－不思議工作室）

與魔族王子一起戀愛吧～
MO ZU PRINCE

NOVEL 辰冰 × ILLUST 凌夏

Episode 04